# YUCCA CITY BLUES

# Yucca City Blues

Chantal KERDILÈS

AU VENT DES ILES
EDITIONS - TAHITI

# Chapitre 1

La Toyota filait à travers les canyons. Laura Morton avait choisi de contourner la petite ville de Yucca City, histoire de s'offrir une tranche de désert avant de regagner sa maison.

À midi, elle avait quitté le *Desert Memories Museum* où elle travaillait comme documentaliste à mi-temps, et Bob lui avait proposé de prendre sa journée du vendredi, sachant qu'elle attendait une amie.

Dès qu'on sortait de la ville, les habitations étaient peu nombreuses. Il s'agissait, souvent, de riches propriétés appartenant à des acteurs ou autres nantis de Los Angeles. Des résidences secondaires, construites sur des promontoires, procurant à leurs propriétaires le sentiment délicieux de se trouver loin de tout. Des ranchs ou des haciendas d'opérette, donnant sur des espaces dépouillés, dignes des meilleurs westerns, où se conjuguaient les ocres et les rouges, plantés de géants cactus.

Laura s'était offert cette folie, ayant appartenu jadis à un architecte : une maison qui ressemblait à un galet, traversée sur tout un côté par une large baie vitrée qui révélait un panorama à couper le souffle : Yucca City et ses palmiers, cernée par le désert omniprésent.

La Toyota grimpa un ultime raidillon goudronné, longea la maison des Clark – un assemblage de cubes de verre futuriste – passa derrière une construction de facture plus classique – murs d'adobe brun pâle et bougainvilliers foisonnants – une maison souvent inoccupée. Puis ce fut le «Galet», juché sur un contrefort rocheux, le meilleur point de vue du secteur.

Si Laura considérait l'achat de sa maison comme une folie, ce n'était pas le prix qui était en cause. Bien que la région fût fréquentée par des nantis, les prix y étaient étonnamment raisonnables – sans doute parce qu'il n'y avait pas d'autres ressources qu'un tourisme resté confidentiel et que, souvent enthousiastes au début, les résidants temporaires finissaient par se lasser de cette somptueuse tranquillité qui ne favorisait en rien les échanges promotionnels. Les gens poussaient des *Ah !* et des *Oh !*, tombaient amoureux des canyons et de la caillasse, mais au bout de trois ou quatre séjours, préféraient retourner à leurs *parties* de Bel Air ou de Beverly Hills, et ne revenaient plus. Cela avait été tant mieux pour Laura : l'enthousiasme de l'architecte n'avait pas survécu au cri poignant des coyotes dans la nuit, et elle avait pu acheter la maison au prix d'un modeste appartement sur la côte.

Elle éprouvait chaque fois un sentiment de jubilation quand, passé le dernier virage, s'imposait la vision de son étonnant refuge – puissance et légèreté – débauche de fleurs de rocaille, enserrées dans les pierres du mur de soubassement, lumière animant de mille feux la paroi de verre, discrètement fumée de gris. Sa maison. Son havre. Son rêve.

Au cours des années précédentes, elle avait séjourné à plusieurs reprises à Yucca City, où l'associé de son mari possédait une maison de vacances, située en surplomb de cette paisible station thermale découverte, au début du siècle, par les producteurs d'Hollywood. En hiver, la température y était plus clémente qu'à L.A., et l'air sec du désert offrait un heureux contraste aux froids crachins de la côte. À présent, Yucca City était une ville de 40 000 habitants, avec plus de 7 000 propriétés dotées de piscine, et si l'on tenait compte des localités alentour, la région disposait d'une trentaine de terrains de golf, certains dépendant d'immenses et luxueux *resorts*, qui accueillaient chaque année une clientèle triée sur le volet. L'été y était chaud. Très chaud. 40 à 50° centigrades de juin à septembre. Mais la climatisation remédiait à cet inconvénient.

Yucca City était toujours restée sous contrôle indien. En cet endroit, les *natives* du continent américain n'avaient pas été floués. Ils possédaient plusieurs hôtels, et les bénéfices de l'exploitation des sources thermales leur revenaient de droit.

Le centre-ville était des plus agréables. Des constructions modernes, aux couleurs du désert, bordaient de larges avenues où la circulation était fluide, même à la belle saison. On y trouvait de charmants restaurants dont les terrasses, toujours ouvertes, étaient chauffées en hiver, rafraîchies et humidifiées en été par de discrets jets d'eau glacée. Il y avait de nombreuses boutiques qui proposaient des articles sophistiqués, jamais rien de vulgaire.

La réglementation en matière d'urbanisme y était stricte, ce qui faisait que les plus grands hôtels s'étaient construits dans les localités adjacentes. Au cœur de Yucca City, aucun édifice n'avait plus de cinq étages. De nombreux parkings, situés aux entrées de la ville, avaient rendu possible l'ouverture de rues piétonnes, et c'était une ville où il faisait bon flâner, une ville consacrée au farniente, mais toujours animée, les magasins restant ouverts, pour la plupart, jusqu'à neuf heures du soir.

Laura était tombée sous le charme de Yucca City dès son premier séjour. Il était surprenant qu'une telle ville puisse exister aux États-Unis. Une localité suffisamment vivante pour qu'on n'ait jamais le sentiment de s'y trouver reclus. Une localité à l'architecture harmonieuse, et dont l'une des grandes qualités venait de l'impression de sécurité qui s'en dégageait. Ce n'était d'ailleurs pas seulement une impression, les chiffres étaient là pour en témoigner : le taux de criminalité y était l'un des plus bas du pays, et les cambriolages rarissimes. Une ville fréquentée par une clientèle aussi huppée aurait pu laisser présager le contraire mais, sans doute, les malfrats avaient-ils suffisamment à faire du côté des mégalopoles du littoral, pour ne pas s'aventurer dans un coin où d'éventuels suspects auraient été facilement repérables. Un seul axe routier conduisait de Los Angeles à la petite station thermale, et les hélicoptères de la police auraient pu appréhender, sans difficulté, un véhicule leur ayant été signalé.

En dix ans, Yucca City n'avait connu qu'une seule tentative de meurtre et deux ou trois agressions : la municipalité avait les moyens de veiller au grain. Néanmoins, Benny, le lieutenant de police – un ami de Bob, le patron de Laura – affirmait qu'il fallait rester vigilant : certains résidants consommaient de la drogue et, si leurs pourvoyeurs opéraient le plus souvent à Los Angeles ou San Diego, ils avaient fini par se manifester dans les environs de Yucca. Il y avait eu récemment une arrestation discrète, mais le journal local n'en avait pas parlé – il ne fallait pas affoler la population – le directeur de la publication étant le fils du nouveau maire, Giuseppe Adolfo.

Laura avait peu de chance de rencontrer les pourvoyeurs de drogue, là où elle vivait. Les Clark, ses plus proches voisins – deux professeurs à la retraite – étaient de paisibles intellectuels, gentiment excentriques. Jenny se passionnait pour la flore du désert et faisait don, régulièrement, du produit de ses recherches au musée, «à mon âge, on ne garde rien pour soi !», tandis que Graham rédigeait, un peu tard, un ouvrage vantant les vertus de la macrobiotique. De doux rêveurs, dont les journées se déroulaient au son des tambours et des flûtes indiennes – leur toquade, leur musique – à leurs yeux, «indianité» ne signifiant rien de moins qu'authenticité et pureté. Des hôtes chaleureux qui considéraient Laura comme la fille qu'ils n'avaient jamais eue.

Ses autres voisins, occasionnels, Mary et Conrad Subaker – des informaticiens soudainement enrichis par le succès d'un logiciel destiné aux moyennes entreprises – militaient, quant à eux, pour la vie saine : *no drugs, no alcohol*. Ils arboraient le look minimaliste des nouveaux convertis. Ne manquaient pas de fraîcheur. Venaient de plus en plus souvent dans leur maison du désert, où ils suivaient à la lettre les rituels surannés de la méditation transcendantale, ce qui ne les empêchait pas de se comporter en joyeux drilles – réservant l'application de leurs doctrines ès sobriété aux autres, régalant leurs invités de délicieux cocktails exotiques dont ils trouvaient la recette à l'occasion de voyages au-delà des mers : quand on a la chance de devenir millionnaire en dollars à l'âge de trente ans, il serait stupide de se gêner. Mais de drogues, point. Autant se garder l'esprit performant quand cela vous donne si facilement accès à la vie des *happy few*.

Laura aimait bien ses voisins. Les vieux et les jeunes. Mais faisait en sorte de ne pas les fréquenter trop souvent. En un lieu aussi isolé, la distance était la règle d'or.

Elle avait été photographe. Elle avait été la femme d'un propriétaire de vignoble de la Napa Valley, et elle était en train de s'imposer comme auteur de romans policiers à succès. Mais, le nouveau statut qu'il lui convenait désormais d'assumer était celui de veuve. Non pas celui de veuve joyeuse, mais celui de veuve heureuse. Un nouveau challenge.

La blessure n'était pas encore tout à fait refermée. Mais pas question de se couvrir la tête de cendre. Il lui fallait survivre. John lui avait joué un sale tour. S'écraser aux abords du Yosemite Park quand tout, dans leur relation, était sur le point de redevenir exaltant, avait été une trahison. Une injuste et involontaire trahison. Mais, en tout cas, un coup foireux, qui avait failli l'achever. O.K. John, tu étais le grand spécialiste des vins californiens, le meilleur navigateur de la baie de Frisco et, bien entendu, un pilote exemplaire. Malheureusement, quand on se croit le meilleur des meilleurs, on se fout des conditions météo, on tapote gentiment la joue de la femme qui s'inquiète, de la femme qui implore : «Pas aujourd'hui. Pourquoi ne pas remettre à plus tard un déplacement dont tu pourrais te passer !» Mais Superman avait toujours raison, n'en faisait qu'à sa tête, et il avait fallu pas moins de quarante personnes pour localiser son corps désarticulé et l'extraire, ensuite, de la carcasse de ce petit bijou de technologie qu'avait été *Bird of Islands*. Ciao John ! *Arrivederci*, tête de mule ! À quoi bon cet amour, cette amitié géniale des derniers mois, quand on fiche tout en l'air, juste histoire de correspondre à cette bizarre et folle image d'un héros de l'impossible. Elle était encore capable de le haïr pour cette insupportable décision.

Il y avait eu, pourtant, à la dernière minute, comme une hésitation. Puis, ce tendre baiser : «Ne t'inquiète pas ma colombe. Mets plutôt une bouteille au frais. Dans quelques heures, je serai de retour !» *Damned* tête de lard ! *Damned* satané John Morton ! Nous avions enfin enterré la hache de guerre, mais tu n'as rien compris.

Si, il avait compris. Il avait compris qu'elle l'aimait à nouveau, suffisamment pour lui pardonner cette folie. Cette folie qui lui avait permis de se convaincre que le mariage n'était plus une menace. Que la tendresse retrouvée pardonnerait ce besoin enfantin de jouer les têtes brûlées. Trop tard pour la tendresse, trop tard pour le pardon. Ciao John-la-terreur. Tu voulais provoquer le destin, laisse-moi suivre le mien. Je serai la Laura du désert. Je m'abrutirai de romances délétères, de meurtres à la Une, frappés sur ordinateur. Je recevrai chaque nuit le cri pathétique du coyote comme un écho à mon immense chagrin. Mais je survivrai. Je serai la veuve heureuse. Je serai moi, Laura, seule à jamais, dans la vigueur implacable d'une désespérance infinie. Ciao vaniteux cow-boy de l'extrême. Je serai seule, à la vie, à la mort, heureuse, résolument heureuse, mais tu resteras pour toujours celui que j'ai voulu aimer.

Elle n'avait pas souhaité garder la maison de Napa Valley, qui d'ailleurs ne leur appartenait pas. Le propriétaire en étant Dennis Catherwood, l'associé de John.

Quand John était mort, Dennis avait été, tout d'abord, à ses côtés. Il l'avait aidée dans les épuisantes démarches qu'engendre un décès. Mais, très vite, elle avait compris que son principal souci était de veiller à ce qu'elle ait bien enregistré qu'elle n'avait aucun droit sur le vignoble. Elle le savait. Dennis n'avait aucune inquiétude à se faire. Pourtant, durant toutes ces semaines où elle avait dû s'entretenir avec les hommes de loi, sans rien exiger, Dennis s'était montré suspicieux. Sa méfiance, pour ne pas dire son hostilité à l'égard des femmes, expliquait très certainement cette troublante attitude. Pour Dennis, une femme était obligatoirement une mangeuse de pognon et, sans doute, était-il persuadé qu'elle avait essayé d'extorquer à son mari quelque clause qui lui aurait donné accès aux bénéfices de la Catherwood and Morton Company. Pourtant, il avait toujours été stipulé que l'affaire était le domaine exclusif des deux associés. En revanche, à sa grande surprise, elle avait touché une assurance-vie que John avait souscrite à son nom.

Alors que tout était en règle, depuis bientôt deux ans, Dennis semblait ne rien avoir perdu de sa méfiance, comme s'il croyait qu'elle attendait son heure pour lui demander des comptes. Peut-être la soupçonnait-il de consulter des avocats, dans le but de lui soutirer, un jour ou l'autre, de l'argent. Peut-être aurait-il simplement été plus tranquille si, elle aussi, avait disparu dans le crash de Yosemite Park. Pauvre Dennis ! Un très lointain et malheureux divorce l'avait probablement convaincu que les femmes ne seraient jamais autre chose qu'une éternelle source d'ennuis.

Laura se moquait bien du vignoble, et elle avait décidé, très rapidement, de s'éloigner de tout ce qui lui rappellerait son ancienne vie. Yucca City avait été la réponse idéale à ce besoin de changement. Même si Dennis y avait sa maison de vacances, que son fils Bob – l'ethnologue devenu conservateur de musée – habitait à l'année. Heureusement, Dennis n'y venait que rarement et, quand ils se voyaient, leur relation demeurait courtoise – du moins en apparence. Elle aurait aimé un peu plus de sympathie, mais elle n'avait jamais été vraiment à l'aise avec Catherwood. Trop tard pour que ça change.

Après la disparition de John, Dennis n'avait pas attendu une semaine pour lui signifier qu'il comptait reprendre la maison qu'elle avait occupée avec son mari. Une maison située non loin du vignoble, à une quarantaine de kilomètres de San Francisco. *Ne t'inquiète pas Dennis, je n'ai aucune envie de devenir ta locataire. Laisse-moi juste souffler, réaliser que la vie – difficile – que je m'étais choisie est partie en fumée.*

Quand, après avoir touché le montant de l'assurance, elle s'était mise en quête d'une propriété du côté de Yucca City, Dennis n'avait pas semblé pour autant soulagé. Toute son attitude disait : «En voici encore une qui n'a pas perdu le nord !» Son antipathie était évidente. Il ne lui avait même pas proposé de lui donner un coup de main quand elle avait déménagé, et lui avait imposé une vérification de l'état des lieux digne d'un inquisiteur. Allant jusqu'à lui réclamer le remplacement d'un rideau de douche et d'un ou deux outils de jardinage qui avaient soi-disant disparu – un arrosoir, un sécateur – elle s'en souvenait encore. Dans une certaine mesure, l'attitude de Dennis l'avait aidée à tirer un trait sur le passé. Peut-être devait-elle lui en être reconnaissante !

Maintenant elle avait sa propre maison qu'elle adorait. Fort heureusement, les romans policiers commençaient à se vendre plutôt bien, et cela lui avait permis de faire un choix. Elle avait placé l'argent qui lui restait, une fois payée la maison, et cela lui procurait des intérêts qui couvraient les dépenses courantes. Les droits d'auteur lui offraient le superflu. Et depuis quelques mois, Bob avait obtenu une rallonge qui lui procurait un salaire convenable pour le travail qu'elle effectuait au musée. Elle aurait pu se passer de ce revenu supplémentaire, mais cette activité lui permettait de rester en contact avec la réalité. Elle n'avait pas envie de ressembler à ces braves retraitées vouées au bénévolat. Elle aurait eu l'impression de prendre un sérieux coup de vieux, alors qu'elle n'avait pas atteint l'âge canonique, tant s'en fallait.

Bien au contraire, depuis quelques mois, elle avait l'impression de retrouver une nouvelle jeunesse. La décision de se consacrer presque exclusivement à l'écriture en était peut-être la cause, mais aussi le fait d'avoir mis, définitivement, un terme à sa collaboration avec l'agence pour laquelle elle avait travaillé comme photographe, pendant plus de quinze ans.

L'amorce de cette décision remontait, en fait, à plusieurs années. Au retour d'une série de reportages particulièrement éprouvants, l'idée de continuer à photographier la folie du monde, lui était devenue insupportable. Elle venait de publier *Regard sur les guerres d'aujourd'hui*, et le succès fulgurant de l'ouvrage n'avait fait qu'accentuer son malaise. Elle ne voulait plus contribuer à ce que l'horreur soit prétexte à œuvre d'art. Elle avait soudain éprouvé le besoin de prendre de la distance, de se mettre en quête d'innocence. Quand elle avait donné sa démission, son patron l'avait maudite, traitée de déserteur, mais ses vociférations ne l'avaient pas émue. Il lui fallait partir loin, vers des destinations où l'espoir avait encore un sens. S'en étaient suivies de longues pérégrinations, dont l'ultime étape avait été la Polynésie.[1]

1. Cf. du même auteur *Voyance sous les tropiques*, Au vent des îles, Tahiti, 1995.

Elle s'était installée sur une île proche de Tahiti. Une île majestueuse, où les gens semblaient accordés à leur environnement, où l'on rencontrait encore de vrais sourires, où il y avait cette lenteur dans les gestes et l'allure, propre à ceux dont le quotidien n'est pas menacé. Bien sûr, au fil des mois, elle avait découvert que la réalité de l'île n'était pas toujours rose, que là aussi il y avait des drames, mais pas cette terreur généralisée qui lui était devenue si familière.

Elle avait trouvé un modeste bungalow en bordure de lagon, et pendant quelques mois s'était appliquée à n'être rien. Vivant au rythme de la nature. Nageant dans les eaux tropicales aux premières lueurs du jour. Faisant de longues marches à fleur d'écume, surprenant le galop matinal d'un cavalier sur la grève : «*'Ia ora na ! e aha te huru ?*»[1], le regard attiré par les fumerolles d'un feu de broussailles, signalant qu'un habitant du bord de mer défrichait sa cour. À son retour, sa voisine et propriétaire, Mama Tetua, lui faisait signe : «*Tāmā'a ! tāmā'a maita'i !*»[2] : c'était l'heure du bol de café, accompagné de beignets en forme de huit – les *firifiri*.

La journée se passait à explorer l'île : plantations d'ananas, cascades. Plus tard, elle avait ramené de Tahiti des tubes de peinture, des pinceaux, des cartons à dessin, et s'était mise à peindre. Comme ça, pour le plaisir, sans dispositions particulières. Le geste de peindre, comme une caresse que l'on se donnerait à soi-même. Le doux crissement de la martre sur la toile ou le papier, comme une rédemption.

1. «Bonjour ! Comment vas-tu ?»
2. «Viens manger !», mais peut être aussi une forme de salutation.

Mais il lui avait fallu prendre conscience que cette parenthèse de quiétude ne pourrait pas durer éternellement. Au bout d'une année, il ne restait plus grand-chose de ses économies, et quand l'agence l'avait relancée pour lui proposer d'effectuer une série de reportages en Californie, elle s'était résolue à quitter le paradis.

Les sujets qu'on lui demandait de traiter n'avaient rien de stressant : *Les têtes chercheuses de la Silicon Valley* – ces jeunes gens de l'informatique, devenus les nouveaux *golden boys* de la société américaine – les vins californiens, le *Queen Mary*, les *house-boats* de Sausalito. Mais, désormais, tout cela avait pris fin. Elle n'avait plus envie de sillonner le pays, ni même la Californie, au moindre coup de sifflet. Elle ne voulait plus interrompre son travail personnel dès qu'on la sollicitait. En fait, elle voulait se sentir totalement disponible et, surtout, franchir une nouvelle étape dans le domaine de la fiction. Elle n'occuperait sans doute jamais les premières places sur la liste des best-sellers que publient les journaux spécialisés, mais la vente de ses livres avait progressé, et elle ne désespérait pas de gravir encore quelques échelons.

Le désert était un lieu privilégié pour un écrivain, et Yucca City offrait un double avantage : celui de pouvoir se tenir loin des importuns, mais également celui de rester en contact avec la vie normale, puisqu'il y avait toujours du passage. Solitude quand cela était nécessaire, vie sociale quand le besoin s'en manifestait.

*

En franchissant l'entrée du living éclaboussé de lumière, elle se sentit déborder d'énergie. Elle avait déjà préparé la chambre qu'elle réservait à son amie, mais elle souhaitait apporter quelques améliorations pour que leur séjour commun soit une réussite. Elle avait acheté des fleurs en sortant du musée : elle les répartirait non seulement dans le salon, mais aussi dans les chambres et la cuisine. Carole adorait les fleurs. Elle adorait également le bon vin, et Laura comptait bien la convertir aux crus californiens qui n'avaient souvent rien à envier à leurs grands frères européens. Pour leur premier dîner à la maison, elle avait prévu des côtes de bœuf – plus exactement des *sirloins* – afin qu'elles puissent se remémorer les joyeuses soirées de leur jeunesse parisienne, quand elles se retrouvaient chez *Joe Allen*, le restaurant américain du quartier des Halles.

Elle troqua la chemise à carreaux et le pantalon Ralph Lauren, qu'elle avait portés au travail, contre une tenue plus décontractée : une tunique de viscose aux motifs indiens, tombant sur un sarouel de couleur brique. Les bouquets jaunes, orange et mauves égayaient agréablement le living. Elle introduisit un CD d'Aretha Franklin dans le lecteur de disques, et la voix de la chanteuse couvrit la pièce de sa chaude présence.

Carole appellerait probablement dès son arrivée à Los Angeles, mais ne serait à Yucca City qu'en début d'après-midi, le lendemain. Elle avait réservé une chambre au Hilton de l'aéroport afin de récupérer du décalage horaire, et ne prendrait la route qu'après une bonne nuit de repos.

Finalement, il n'y avait pas grand-chose à faire. La femme de ménage, qui venait tous les deux jours, avait exécuté le plus gros du travail, et il ne restait qu'à vider l'armoire de la chambre d'amis, disposer des serviettes supplémentaires dans la salle de bains, sortir quelques savonnettes délicatement parfumées. Elle avait mis du champagne au frais – du champagne californien : Laura aimait son pays d'adoption, tout comme elle en aimait les produits.

Elle consulta le courrier électronique, au cas où il y aurait de nouveaux messages. Il y en avait un de Sally Freeman, son agent : «Plus que deux mois !» disait-il, faisant allusion à la date à laquelle Laura devait rendre son nouveau manuscrit.

Elle avait situé sa dernière *suspense story* au Mexique – s'inspirant d'un voyage éclair effectué à Mexico-City, un an plus tôt. Sally n'avait pas de mouron à se faire : sa pouliche serait dans les temps.

Laura avait prévenu son amie qu'elle aurait besoin de deux ou trois heures de disponibilité par jour pour boucler son récit, mais cela ne les empêcherait pas de visiter la région. Il y avait, à une heure de voiture, un parc national de toute beauté qu'elle avait l'intention de lui faire découvrir et, sans doute, auraient-elles l'occasion de se rendre, au cours d'un week-end, à Laughlin – une minuscule oasis avec casinos et hôtels confortables, à la jonction de la Californie, de l'Arizona et du Nevada.

Carole était l'une de ses plus anciennes amies. L'une des rares à avoir survécu à l'éloignement. Elle était l'assistante du responsable de la rubrique culturelle d'un grand hebdomadaire parisien. Une fille chaleureuse, féminine, toujours à la recherche de l'âme sœur, et de ce fait peu ambitieuse. Convaincue d'avoir atteint, dans le domaine professionnel, le sommet de ce à quoi elle pouvait prétendre.

Elles s'étaient rencontrées chez des amis communs, et leur amitié avait été immédiate. Laura avait toujours pensé que les qualités de Carole étaient mal exploitées. Elle lui avait conseillé, à maintes reprises, de proposer des articles, sur un sujet dont elle parlait avec brio, le théâtre. Quand Carole s'était enfin jetée à l'eau, son patron avait applaudi, et pendant plus d'une année, elle avait fait du bon travail. Mais cette nouvelle responsabilité la mettait mal à l'aise. Elle aimait le théâtre, découvrir de nouvelles troupes – elle était capable d'en rendre compte avec compétence – mais préférait de beaucoup son rôle de simple spectatrice. Dire, écrire ce qu'elle pensait d'une représentation, lui semblait mal venu. Elle avait la pénible impression de s'octroyer des prérogatives qui n'étaient pas les siennes. Finalement, elle avait cessé d'écrire et repris son ancienne fonction avec soulagement. Elle était née pour seconder, materner, encourager, nullement pour occuper le devant de la scène. Laura lui avait pardonné, se sentant même un peu coupable d'avoir voulu forcer le talent de son amie.

Si Laura, en revanche, aimait l'action, prendre la vie à bras-le-corps, affronter les situations extrêmes, cela n'avait jamais mis de bémol à leur amitié. Carole représentait la stabilité, la normalité qui lui était également nécessaire, comme un point d'ancrage, tandis qu'elle incarnait pour son amie la possibilité d'aventures fascinantes, mais que quelqu'un d'autre se chargeait de vivre à sa place.

Depuis que Laura avait renoncé à être le témoin de la férocité du monde, depuis qu'elle avait mis un terme à son activité de photographe toujours sur la brèche, toujours aux premières lignes de ce qui tournait mal, les deux amies s'étaient régulièrement donné rendez-vous aux quatre coins de la planète. Carole aimait les voyages. Aucun continent ne lui était étranger. Les voyages étaient le contrepoids qui lui permettait de se remettre d'amours tumultueuses, souvent décevantes, vis-à-vis desquelles le dépaysement était un facteur d'oubli. Carole était une incorrigible romantique, mais savait rebondir. Son goût de vivre, sa curiosité des autres lui étaient sa planche de salut.

*

Une fois la maison définitivement en ordre, Laura se remit au travail. Elle ne savait plus trop quoi faire de la vieille prostituée des faubourgs de Mexico-City, partagée entre sa fidélité envers une ancienne compagne d'infortune et l'appât du gain. Peut-être était-il temps de s'en débarrasser. Vieille, minée par les maladies vénériennes, si ce n'est le sida, elle pouvait disparaître : le lecteur n'éprouverait aucun déchirement si l'on retrouvait son corps mutilé dans une décharge publique ou aux abords d'un quelconque bidonville. «Exécution de Dolorès Machin Chose» nota Laura, soulagée : inutile de s'encombrer de personnages secondaircs à l'approche du dénouement. Restait, dans le même ordre d'idées – évacuer les personnages secondaires –

une certaine Maria, tenancière d'un bar louche, répondant à tous les fantasmes masculins de la femme fatale, aimante et finalement vaincue. Pas question de faire passer de vie à trépas le support à fantasmes, mais les lecteurs soigneraient définitivement leurs complexes si elle décidait de suivre, pâmée d'admiration, le patron d'un estaminet concurrent qui saurait lui mener une vie d'enfer. Les personnages principaux étaient fort heureusement plus positifs, et la mère courage qui, au péril de sa vie, avait affronté un dangereux psychopathe pour sauver sa fille, ferait des émules.

Laura écrivit jusqu'au coucher du soleil. Parfois son esprit décrochait, comme si un autre scénario voulait s'interposer. Quelque chose qui avait trait à une conversation qu'elle avait eue avec Bob, la veille au soir. Quelque chose qui la tracassait. Elle savait quoi, mais refusait de s'y attarder tant qu'elle n'aurait pas fini de décrire les derniers instants de la prostituée Dolorès.

Au bout d'un moment, elle n'y tint plus. Une pause devenait nécessaire. Une pause au cours de laquelle il lui faudrait considérer franchement ce que son esprit voulait mettre de côté depuis vingt-quatre heures.

Elle éteignit l'ordinateur, puis la climatisation qui n'avait plus sa raison d'être dès que le soir fraîchissait. Elle ouvrit en grand la baie vitrée : au loin, les feux orangés des lumières de la ville scintillaient, telles des lucioles égarées aux confins des canyons.

Elle s'installa sur la terrasse, bordée d'une mince clôture en bois, dominant le silence. En contrebas, chez les Clark, l'éclairage magnifiait les murs de verre bleutés, les faisant virer au turquoise. Elle se servit un Chivas, puis alluma une cigarette qui avait la délicieuse saveur du péché, bien que la réglementation draconienne qui sévissait en Californie n'interdît pas encore de fumer chez soi. Mais ce n'était pas le moment de s'attarder sur cette question. Elle avait dîné avec Bob, et ce qu'il lui avait confié l'avait alarmée.

Elle avait connu Bob en même temps que Dennis. Bob qui, dans sa jeunesse, avait vécu sur la côte est avec sa mère, s'était rapproché de son père, quand il avait décidé de poursuivre ses études en Californie. Les deux hommes étaient aux antipodes l'un de l'autre, mais faisaient, de toute évidence, des efforts pour s'entendre. Dennis était un homme autoritaire, dur au travail, et la virilité était son credo. Bob était un garçon délicat, raffiné, et n'avait pas caché à Laura qu'il était homosexuel, bien qu'il ne lui ait jamais présenté le moindre compagnon. Quand elle l'avait rencontré pour la première fois, il assumait déjà la direction du *Desert Memories Museum*. Un musée qui se voulait être la mémoire des tribus indiennes, mais qui offrait également un aperçu grandiose de la flore et de la faune de la région.

Bob était passionné par son métier et, lorsque Laura s'était installée à Yucca, il lui avait demandé de l'aider à classer une foule de documents qui étaient restés, jusque-là, inexploités. Depuis, ils avaient réalisé ensemble un montage audiovisuel, et Laura s'occupait plus particulièrement de la documentation photographique. Ils s'entendaient à merveille, et se voyaient souvent en dehors des heures de travail. Ensemble, ils fréquentaient les nombreux restaurants de la ville, et s'invitaient mutuellement chez l'un ou chez l'autre pour des dîners improvisés.

La veille au soir, l'invitation de Bob consistait à faire griller des homards sur le barbecue de son jardin, et ils avaient discuté longuement dans le bruissement d'une cascade qui coulait au milieu des cactus, dont les troncs tourmentés laissaient échapper des bourgeons écarlates. Bob avait parlé de sa mère, évoquant la séparation de ses parents, alors qu'il avait tout juste dix ans. Une séparation qui n'avait pas été une surprise. Les scènes entre eux étaient quasi quotidiennes, et son enfance, disait-il, avait été un cauchemar. Finalement, ils avaient divorcé, et le jeune garçon avait suivi sa mère, qui s'était installée dans le Massachusetts, près de sa famille. Elle avait ouvert un magasin de souvenirs, qu'elle tenait encore, où elle exposait, entre autres, les tableaux qu'elle peignait. C'était une femme aimante mais, malheureusement, extrêmement possessive. La raison pour laquelle Bob, devenu jeune homme, avait souhaité renouer avec son père.

Récemment, il avait revu sa mère qui, pour la première fois, avait fait allusion à ce qui l'avait décidée à fuir le domicile conjugal : au cours d'une dispute, Dennis aurait tenté de l'étrangler, et elle n'avait eu la vie sauve qu'en raison de l'arrivée inopinée d'un voisin. «Elle a toujours été passablement hystérique, et je ne saurai jamais si les choses se sont passées comme elle le prétend. Ce qui est sûr, c'est que mon père peut avoir des réactions très violentes. D'un autre côté, quand j'étais gosse, je voyais bien qu'elle faisait tout pour le mettre hors de lui, jusqu'à ce que la situation dégénère. Cela lui permettait ensuite de jouer les victimes, et de faire passer son mari pour une brute. Pourtant, je ne l'ai jamais vu la frapper. Elle affirme le contraire, mais je crois qu'elle en rajoute. Ça fait vingt-cinq ans qu'ils se sont séparés mais, pour elle, c'est toujours la guerre !»

Que Dennis fût violent, cela ne faisait aucun doute pour Laura, bien qu'elle dût reconnaître qu'il cachait bien son jeu. Il savait se contenir. Il savait donner le change, et ses manières étaient celles d'un homme qui se maîtrise. Pourtant, quand quelqu'un lui causait des ennuis, sa fureur était sans limites. Rien ne pouvait l'arrêter. Ceux qui s'opposaient à lui devaient mordre la poussière, rien de moins. Puis il se désintéressait du problème, «comme un lion repu, en attente du prochain carnage», selon le commentaire de quelqu'un qui lui avait tenu tête.

John avait toujours su y faire quand il s'agissait de désamorcer les colères de son associé. Les deux hommes se connaissaient trop bien. Ils fonctionnaient comme un vieux couple, cimenté par des épreuves et une réussite communes. Une capacité d'endurance qui les mettait à égalité. Aucune réaction d'humeur ne pouvait les impressionner. Deux rhinocéros habitués à patauger dans le même marigot.

Avec elle, Dennis s'était montré correct, la plupart du temps. Chaleureux, quelques fois. Mais elle n'avait jamais été dupe. Le couple John-Dennis reposait sur une solide misogynie et, en dépit des apparences, elle avait tout juste été tolérée. Il était clair qu'en se mariant, qu'en souhaitant établir un rapport de confiance avec une femme, John avait failli, et Dennis n'avait jamais abaissé sa garde. Une «femelle» resterait toujours une empêcheuse de tourner en rond, une pièce rapportée que l'on devait tenir à l'œil.

Laura s'était efforcée de se montrer diplomate. Une relation forte, professionnelle, affective, passionnelle dans une large mesure, avait uni les deux partenaires pendant de longues années. Épouser l'un d'eux, l'avait obligée à faire de multiples concessions vis-à-vis du second. Mais Dennis, qui pouvait à ses heures se montrer amical, n'avait pas toujours respecté les règles du jeu. Il était passé maître dans l'art de planter les banderilles de la discorde, dès qu'il avait l'impression de ne plus contrôler la situation. À plusieurs reprises, Laura avait été tentée de laisser les deux machos à leur vieille nostalgie d'une époque où les femmes qu'ils fréquentaient – sans doute pour se convaincre qu'ils étaient bien des hommes, des vrais – ne méritaient rien de mieux qu'une ironique condescendance.

L'intolérance de Dennis, son orgueil démesuré, l'avaient souvent irritée, mais elle ne l'avait jamais considéré comme un homme dangereux. Maintenant, elle n'en était plus aussi sûre. Peut-être n'avait-elle pas bien saisi à quel point son intrusion dans la vie de John avait été dérangeante... Et que penser d'un homme qui a tenté, par le passé, d'étrangler sa femme ! Il avait toujours été intraitable quand il parlait de cette Vicky qui, «pour le punir», l'avait privé de son fils : un mythomane qui lui avait fait payer au prix fort le constat de son insignifiance. Une artiste de pacotille, dont aucune galerie ne voulait des tableaux, «des croûtes, juste dignes d'une gamine attardée», et qui n'avait jamais accepté sa fonction première, celle de prendre soin de son mari et de son fils. Cette pauvre fille, ivre d'ambitions ridicules, avait préféré le harceler par avocats interposés pendant des années, plutôt que d'accepter la triste vérité : «être bien roulée et naître dans une famille de la haute, ne vous conférait aucune suprématie ni, surtout, aucun talent». Faire tourner un vignoble, imposer une marque sur le marché américain, cela relevait de la compétence, tandis qu'acheter des robes avec l'argent de son mari, et prétendre tenir un pinceau entre deux doigts peinturlurés, ne méritait aucune considération.

De toute évidence, Vicky Catherwood n'avait pas été si futile. Les photos des tableaux que Bob avait montrées à Laura étaient superbes. «Je crois qu'il a tout fait pour l'humilier : les parents de ma mère avaient de l'argent, tandis que mon père était issu de la *middle class* dans sa version la plus modeste. Il s'est fait tout seul, selon l'idéologie de l'époque et de son milieu. Il l'a épousée comme on prend sa revanche mais, passée la saison des amours, cela a tourné au règlement de comptes : le self-made-man contre la poupée de luxe. Il s'est enfermé dans ses *a priori* et n'a jamais voulu en démordre. S'il avait reconnu une quelconque valeur au travail de ma mère – et la peinture était une vraie passion pour elle –, cela aurait ébranlé ses certitudes. Il n'y a que le noir et le blanc dans la structure mentale d'un homme tel que lui... Je dois reconnaître que, dans une certaine mesure, il me fait peur, il m'exaspère, mais, malgré tout, la plupart du temps, il m'attendrit. Il est trop sûr de lui pour que je dise qu'il me fait pitié mais, parfois, je suis confondu par sa vulnérabilité. Un tyran de papier qu'un rien pourrait réduire en cendres.»

«Mais,» avait ironisé Laura, «avant que cela ne lui

arrive, et à supposer que cela puisse lui arriver, il peut faire encore beaucoup de dégâts.»

Beaucoup de dégâts et, surtout, beaucoup de mal, songeait-elle en observant les canyons, que ciselait la rose lueur du couchant. Elle avait parfois été consciente de l'hostilité de Dennis à son égard, mais n'avait-elle pas sous-estimé le danger ? On peut comprendre, à la rigueur, qu'un homme, poussé à bout, puisse sauter à la gorge de sa femme, mais fallait-il vraiment minimiser l'incident ? Dennis n'était-il pas capable du pire, à partir du moment où ses intérêts se trouvaient menacés ? Elle avait perçu son animosité, sa méfiance, mais elle avait mis cela sur le compte des préjugés – des préjugés qui auraient dû tomber depuis longtemps.

Lorsqu'il était venu à Yucca, deux ou trois mois plus tôt, le temps d'un week-end, elle avait été invitée à dîner chez les Catherwood – le maire et son épouse faisaient également partie des convives. La soirée s'était déroulée sans anicroche. Mais il était prévu que Dennis fasse de nouveau son apparition ce prochain week-end, c'est-à-dire dans deux jours. À cette occasion, Bob avait proposé une fois encore à Laura de se joindre à eux et, bien entendu, Carole serait invitée. Il fallait peut-être qu'elle soit plus vigilante.

Du temps de John, quand ils se rendaient à Yucca, ils avaient déjà l'habitude de passer leurs week-ends ensemble. Refuser désormais une invitation pourrait être mal interprété, d'autant que c'était un service qu'elle rendait à Bob, trop content de pouvoir éviter un tête à tête prolongé avec ce père qui n'avait de cesse d'imposer sa loi, puisqu'il était chez lui.

Elle pouvait imaginer la façon dont se passerait la soirée : Dennis déploierait son grand jeu de séduction vis-à-vis de Carole-la-Femme-Femme. Il serait tout sourire, plein d'entrain, jouerait à fond le numéro du self-made-man-gentleman-farmer, et ça se terminerait par une invitation à visiter le vignoble. Rien d'autre que de très naturel de la part de ce foutu égocentrique.

Depuis quelque temps, il entretenait une amourette avec une avocate de San Francisco, mais ne l'invitait jamais à Yucca. Il avait sa théorie là-dessus. Yucca était son fief – un fief qu'il fréquentait assez peu souvent – mais son fief, tout de même. Pas question de s'y embarrasser de conquêtes éphémères.

Comme à l'accoutumée, il ferait l'éloge de son fils, tout en déplorant que celui-ci ait manqué d'ambition en choisissant de diriger un musée qui n'intéressait qu'une «poignée de veuves ou de vieilles filles, prêtes à s'extasier devant le premier tipi». Son fils méritait mieux. Ensuite, il émettrait quelques considérations apitoyées sur son célibat prolongé : entre les rombières décaties qui peuplaient la ville, et les employées d'origine indienne ou mexicaine qui constituaient l'essentiel de la main-d'œuvre locale, ce n'était pas demain qu'il aurait la joie d'être grand-père ! Dennis affectait d'ignorer les «goûts» de son fils, mais celui-ci se contentait de sourire : il avait acquis une force de résistance peu commune face aux provocations de ce père dénué de nuances.

Qu'avait-elle réellement à redouter ? Là était toute la question. Tenter d'étrangler sa femme était une chose, vouloir se débarrasser de la veuve de son ex-associé, sous prétexte qu'elle aurait des prétentions financières inacceptables, en était une autre. Elle passait sa vie à concocter des meurtres, des intrigues et, fatalement, en arrivait à mêler fiction et réalité.

Inutile de délirer : Dennis était trop fier de sa réussite pour la mettre en péril de quelque façon que ce soit. Dans l'univers confidentiel des vins californiens, il faisait figure de leader. Un leader qui n'avait nullement à se soucier des prétentions, supposées, d'une Laura Morton.

*

## CHAPITRE 2

L'avion se posa à Los Angeles peu avant minuit. Une heure plus tard, la réception du Hilton attribuait à Carole Moutier la chambre qu'elle avait réservée. Elle aurait pu prendre un vol pour Yucca City, mais préférait louer une voiture : Laura travaillait, et elle pourrait ainsi visiter la région en attendant que son amie se libère.

Comme c'est souvent le cas après un long voyage, elle n'avait pas envie de dormir. Elle avait acheté une pizza et une boisson light à la cafétéria de l'hôtel, et parcourait le menu des canaux de télévision à la recherche d'un programme. Elle s'arrêta sur un débat où s'affrontaient deux candidats aux futures sénatoriales.

C'était la première fois qu'elle venait sur la côte ouest. Elle avait déjà séjourné à plusieurs reprises à New York, mais répondre à l'invitation de son amie valait bien une étape supplémentaire.

Elles ne s'étaient pas revues depuis le mariage de Laura, mais s'étaient retrouvées à New York et en

Louisiane depuis que celle-ci avait décidé de vivre aux États-Unis. Un jour, Laura avait annoncé qu'elle quittait l'agence. Photographier la misère du monde lui était devenu insupportable. Elle avait opté pour une solution radicale : partir, oublier que ses semblables chercheraient à se détruire, toujours. Le directeur de l'agence l'avait traitée de folle, mais Laura ne s'était pas laissé intimider. Elle avait tout d'abord vécu sur une île proche de Tahiti, refusant de toucher à ses Leica. Puis, elle s'était essayée à la peinture. Avait voyagé d'île en île. «Il y a des gens, dans ce pays, qui se moquent pas mal de nos idées tordues. Ils pêchent, ils ramassent le coprah. Parfois, leur vie semble un peu monotone, mais c'est encore cette façon que nous avons de tout vouloir définir. En réalité, ils vivent. Ils vivent de petites choses, de gestes simples, de sombres litiges, mais ils vivent. Au moins, ils sont capables de cohabiter sans se tuer. La vie n'est pas facile pour eux. Ce n'est pas le paradis que l'on prétend. Mais ils ont suffisamment de force et d'intelligence pour ne pas sombrer dans le pire.»

Pourtant, Laura avait quitté la Polynésie. «J'aurais aimé vivre de ma peinture. Me réveiller, chaque matin, de la beauté plein les yeux. Mais je n'avais ni le talent, ni la fortune pour m'offrir ce luxe. Alors j'ai fait un compromis. Plus de guerre, plus de catastrophe. Jamais plus. Mais montrer la vie de tous les jours demeurait supportable.»

Les États-Unis offraient suffisamment de diversité pour qu'elle puisse en tirer parti. Elle avait rompu avec l'agence, mais son ancien boss lui avait proposé une collaboration au coup par coup. Avant de quitter

Paris, elle avait publié un album de photos qui avait fait un tabac. Cela lui avait permis de vivre sur ses réserves pendant plus d'un an. Puis elle s'était installée à San Francisco et avait proposé des reportages qui la reposaient d'une actualité sous électrochoc. Berkeley, le quartier chinois, Sausalito. Des sujets «magazine». Pourtant, à certains signes, elle avait compris que, bientôt, on lui demanderait du Monica and Co., et c'était hors de question. Alors, elle s'était lancée, sans illusion, dans l'écriture d'un roman policier. La chance avait été de son côté. Elle avait rencontré un agent, en quête de nouveaux talents, qui s'était entiché de son récit. La principale exigence avait été qu'elle publie sous un nom américain. Pas de problème. Entre temps, elle avait épousé John Morton.

Aussi surprenant que cela puisse paraître, à quarante ans, Laura s'était mariée. Principalement, disait-elle, parce qu'elle était tombée amoureuse d'un décor. Parmi les reportages qu'elle avait accepté de faire, il lui avait été demandé de s'intéresser aux vins de la Napa Valley. Elle avait éprouvé un véritable coup de foudre pour cette région. Elle avait rencontré plusieurs viticulteurs, au nombre desquels John Morton. Un célibataire endurci, qui lui avait vanté la qualité de ses cépages avec un enthousiasme émouvant.

John était un homme de terrain. Un excellent professionnel, et Laura savait apprécier les professionnels. Mais l'univers de John ne se limitait pas à l'exploitation du chablis. C'était un être polyvalent, doté d'une énergie peu commune, qui aimait tous les dangers. Un navigateur hors pair, mais aussi un pilote de bon niveau. Il ne dédaignait ni les arts ni la politique. Et quand Laura avait fait sa connaissance, il envisageait de se présenter comme futur maire de la petite localité dont dépendait le vignoble qu'il dirigeait avec son associé, Dennis Catherwood. C'était un démocrate bon teint – c'était du moins la couleur qu'il affichait – et s'il avait renoncé finalement à ses prétentions électorales, c'était que son emploi du temps lui laissait peu de loisirs. Laura avait été impressionnée par cette force de la nature, même si elle affirmait être, avant tout, tombée amoureuse du vignoble. Une véritable révélation : arpenter les vignes chaque jour, participer à la promotion d'un vin d'excellente qualité, serait un nouvel art de vivre.

Que John ait pu être séduit par la fougueuse Laura, cela n'avait pas surpris Carole : le charme et la vitalité de son amie avait souvent fait des ravages. Toujours est-il que ces deux-là s'étaient mariés, pour le meilleur et pour le pire et, bien que Laura fût restée discrète sur ce point, Carole s'était demandé si le pire ne l'avait pas remporté, finalement, sur le meilleur. D'après le courrier que Laura lui adressait, une ou deux fois par an, John semblait avoir eu un caractère difficile. L'aventurier était certes tombé amoureux, mais un célibat prolongé n'était pas la préparation idéale pour la vie à deux. Et puis, cinq ans plus tard, il y avait eu l'accident, «alors que nous commencions tout juste à nous faire l'un à l'autre», avait sobrement commenté Laura.

John avait certainement eu ses torts, mais tous ceux qui avaient connu Laura la voyaient mal dans le rôle d'attentive épouse. Son caractère indépendant avait dû provoquer, quelquefois, des étincelles.

Aussi cruel que cela puisse paraître, Carole et les anciens amis de Laura, avaient considéré que la mort brutale de John Morton offrait l'avantage de leur rendre la Laura qu'ils avaient jadis aimée. Les amis sont toujours injustes envers les conjoints, mais Laura avait été leur formule 1 ès liberté, et ils s'étaient réjouis de savoir qu'elle retournait, par la force des choses, au personnage qui avait eu leur sympathie durant leurs longues années de complicité. La Laura du désert, indépendante et voyageuse, c'était tout de même mieux qu'une Laura pot-au-feu. Carole se garderait bien de manifester trop ouvertement son enthousiasme. Elle savait qu'ils n'étaient tous qu'une sale bande d'égoïstes, mais quand on s'appelait Laura Morton, on avait une réputation à tenir.

Carole était tombée si souvent amoureuse, qu'elle pouvait se permettre d'avoir un avis sur la question. Un amour réussi oblige inévitablement à la dépendance. À la dépendance affective, dans le meilleur des cas. Une Laura dépendante ne pouvait plus être la Laura qui se grisait d'affronter les situations difficiles, ni celle qui dans le domaine amoureux n'avait jamais fait de concession – il y avait bien eu des moments de folle passion, mais, chaque fois, son travail avait eu la priorité. Son travail et ce besoin de liberté qui faisait qu'on l'admirait et qu'on l'enviait. Pourtant, un beau jour, Laura avait tout envoyé promener. Un reportage en Afrique. Un camp de réfugiés qu'elle devait rejoindre en compagnie d'un convoi humanitaire. Et, soudain, une mine. Un camion qui explose. Le corps disloqué d'une jeune photographe, projeté sans vie sur la piste. Et la triste évidence qui s'impose : montrer la misère du monde à l'infini, ne valait pas cette violence. Refus d'être associée plus longtemps à ces reportages catastrophe, à ces reportages spectacle, qui ne font pas bouger d'un pouce la conscience des hommes. Aucune photo, aucun commentaire ne mettrait fin à ces rages meurtrières. Laura avait choisi de se détourner du malheur. Cette traque incessante de l'horreur était devenue, à ses yeux, un challenge indécent. L'humanité criminelle se nourrirait à perpétuité de ses crimes. Mais il y avait une autre humanité, une humanité généreuse, éprise de justice et de sagesse. Une humanité qui ne faisait pas la une des magazines, mais qui méritait qu'on la prenne en compte. Laura avait fait ce choix. En se mariant, peut-être avait-elle voulu se ranger du côté des valeurs simples, celles de la solidarité et de la tendresse. Sans doute s'en était-elle approchée. En tout cas, elle y avait cru. Et sa décision de se consacrer à l'écriture dans la petite ville oasis de Yucca City, en plein désert, allait probablement dans ce sens.

*

Dennis Catherwood avait téléphoné à son fils pour lui donner son heure d'arrivée. L'avion du samedi se poserait à Yucca City, à 10 h 45. Bob lui avait annoncé qu'il avait prévu d'inviter Laura à dîner, ainsi qu'une amie de celle-ci, une Française. Dennis s'était bien gardé de tout commentaire. Il s'était toujours efforcé de cacher à son fils le plaisir qu'il éprouvait à retrouver Laura. Personne n'avait jamais pu soupçonner à quel point le vieux misogyne qu'il était en pinçait pour la femme de son ex-associé.

Il était absent quand Laura avait fait ce reportage sur les vins de la Napa Valley. Mais, à son retour, il avait tout de suite compris qu'il y avait du coup de foudre dans l'air. N'avait pas été contre. Après tout, il était temps que John songe à se caser. Si, à quarante-cinq ans, il se comportait en célibataire collectionnant les aventures sans lendemain, il ne s'était toujours pas décidé à vivre avec une femme. De ce côté-là, ils étaient bien sur la même longueur d'ondes, mais pas pour les mêmes raisons. Lui, Dennis, s'était marié dès l'âge de vingt ans. Une folie. Il avait été flatté que la fille d'un banquier de la côte est puisse s'enticher de lui. C'était un beau brin de fille, un véritable sex-symbol, et qui avait des relations en veux-tu en voilà. En fait, il l'avait épousée pour épater la galerie, tandis qu'elle avait surtout voulu narguer sa famille. Lady Chatterley épousant le jardinier. Viticulteur ou jardinier, pour Vicky Farman, c'était du pareil au même.

Il n'était pas encore propriétaire à l'époque, mais son diplôme d'ingénieur agronome lui avait permis de se faire embaucher par l'un des viticulteurs les plus prometteurs de la Napa Valley. Au fil des ans, il était devenu l'associé de son patron. Et quand celui-ci avait prématurément passé l'arme à gauche, il avait repris l'affaire, en partenariat avec John. Vicky venait de demander le divorce, et si elle s'était montrée moins vorace, il n'aurait pas eu besoin de se chercher un partenaire. Elle avait tout fait pour qu'il se retrouve sur le carreau, mais il avait tenu bon, tout en perdant beaucoup d'argent.

Leur couple reposait sur des bases beaucoup trop fragiles pour que cela puisse durer. Un marché de dupes, en quelque sorte : il avait compté sur les avantages que pourrait lui procurer la famille de sa femme, tandis qu'elle avait voulu s'émanciper à moindres frais. En contrepartie, il aurait fallu qu'il lui dresse un piédestal. Vicky estimait lui avoir fait un tel cadeau en l'élisant «mari de l'année de la séduisante petite fille riche», qu'il aurait dû lui vouer une reconnaissance éternelle. Elle avait voulu s'affranchir de son milieu, mais n'avait pas tardé à lui jeter sa famille à la figure, à la moindre occasion. Autrement dit, il n'était qu'un pauvre péquenot dépourvu de classe, tandis que ces gens du Massachusetts etc… etc. Il ne l'aimait pas assez pour se laisser rouler dans la farine. Il avait réagi en lui démontrant par A plus B qu'elle n'était qu'une stupide enfant gâtée, et que ses pitoyables tentatives pour prouver le contraire étaient vouées à l'échec. En fait, il avait été un beau salaud, mais c'était surtout leur fiston qui avait fait les frais de leurs affrontements.

Il aimait son garçon, même s'il le trouvait un peu trop délicat – forcément, pendant toute sa jeunesse, il avait subi l'influence d'une hystérique qui s'était appliquée à en faire une mauviette. Heureusement, Bob avait résisté. À l'âge de dix-huit ans, il s'était inscrit à l'université de Berkeley, ce qui leur avait permis de se voir fréquemment. Dennis avait compris que son fils avait besoin de lui. Il en avait été bouleversé. Trop tard pour l'éduquer selon ses idées mais, au moins, son garçon avait choisi le bon camp. Il se demandait parfois s'il n'avait pas des goûts un peu spéciaux. Mais, basta ! ce n'était plus le moment de se faire des nœuds au cerveau ! En tout cas, Bob semblait bien s'entendre avec Laura. Il n'avait pas à s'en plaindre. Ça lui permettait de garder le contact, bien qu'il ait compris qu'il n'y avait plus aucune chance qu'elle s'intéresse à lui. Mieux valait s'occuper de cette Francès Riberra, une chic fille, avocate de son métier, un peu trop féministe, ça c'était sûr, mais un vieux cheval de son espèce ne devait pas se montrer difficile.

John était tombé amoureux de Laura. Et Laura était tombée amoureuse de la Catherwood and Morton Company. Il avait tout de suite compris que cette fille était O.K., prête à s'intéresser à l'affaire.

Ils avaient ouvert le vignoble au public : visite des caves, salle de dégustation avec pressoir et tonneaux de chêne. Ils avaient payé un décorateur au prix fort, et n'avaient pas eu à le regretter. Les tour-opérateurs de San Francisco avaient mis la Catherwood Company à leur programme – une bonne publicité pour la marque. Laura, aidée de deux employés, s'occupait d'accueillir les visiteurs. Ça lui plaisait, et cela avait été une aubaine : une Française pour vous parler des vins, c'était toujours un plus. Au début il s'était méfié d'elle, mais il avait rapidement compris qu'il pouvait lui faire confiance. D'instinct elle avait saisi l'esprit du vignoble. Au moins une chose que John aurait dû apprécier. Mais pendant un sacré bout de temps il s'était comporté comme un imbécile. Que sa femme ait roulé sa bosse, que ses photos aient eu du succès, cela caressait son amour-propre : c'était le passé, autrement dit le pittoresque d'une vie antérieure, mais que Laura se soit mise à écrire, qu'elle se soit trouvé un agent, cela lui convenait beaucoup moins. L'élément du couple qui avait réussi, celui qui avait fait ses preuves c'était lui, John Morton. Pas question qu'elle lui pique la vedette. Il ne savait pas partager. La façon condescendante dont il la traitait parfois frisait le ridicule. Dennis enrageait. Ce besoin qu'avait John d'occuper toute la place était exaspérant. Il ne pouvait s'empêcher d'être du côté de Laura. John était incapable de faire la différence entre une écervelée et une fille bien. Entre une opportuniste et une fille qui vous aime sincèrement. Il se disait souvent que si ce satané déplacement n'avait pas eu lieu, à l'époque où Laura était venue pour la première fois au vignoble, les choses auraient pu tourner autrement. C'eût été lui, Dennis, qui l'aurait accueillie, et qui sait !... En tout cas, il n'aurait pas essayé de jouer les matadors. Une fille de cette trempe, on la dorlote, on la bichonne, on lui dit merci, et on en fait une partenaire. Un truc réglo. Ça se pouvait bien qu'elle se soit entichée de John par défaut. Mais il y avait cette p... de vieille amitié qui le liait à Morton depuis des années. Autrement dit, «allez-y messieurs dames, c'est l'premier sur la piste qui plante son fanion en bois !» Pas question de se lancer dans la compétition. Au lieu de cela il avait joué les indifférents, et s'était même souvent comporté comme un ours mal léché, pour ne pas laisser deviner ses sentiments. Résultat : Laura s'était imaginé qu'il lui en voulait, qu'il lui reprochait de s'être immiscée dans la vie des vieux complices. Il se l'était mise à dos. À vous dégoûter d'être fair-play.

Plus John se montrait difficile, plus Laura semblait considérer que les problèmes venaient de son hostilité à lui, Dennis Catherwood, alors que c'était tout le contraire. Finalement, elle en avait eu assez, et avait fait ses valises. Pendant quelques jours, John avait affiché une superbe indifférence : les femmes ceci, les femmes cela. Jamais satisfaites. Dennis avait pris son associé entre quatre yeux. Il l'avait traité de crétin : «Cette fille se met en quatre pour que ça marche bien entre vous et, au lieu de lui en être reconnaissant, tu t'appliques à la décevoir. As-tu envie qu'on se retrouve comme deux vieux schnocks, à courir les "bodybuildées" qui nous demanderont de cracher not' pognon au premier numéro de frotti frotta ?» John avait grogné qu'il n'était pas intéressé par le frotti frotta, mais n'avait pas tardé à tourner en rond comme unc âme en peine.

Une semaine plus tard, il s'envolait pour Yucca où il savait que Laura s'était installée dans l'appartement d'une amie. Quand il était revenu à San Francisco, Laura l'accompagnait. L'explication avait dû être concluante car, après ça, le soleil avait brillé dans les cœurs. Laura avait retrouvé son entrain, et John n'avait cessé d'être aux petits soins. De vrais tourtereaux. Le seul perdant de l'affaire avait été le pauvre couillon qui n'avait plus qu'à mettre ses sentiments dans sa poche.

Pourtant, durant les quelques mois qui avaient précédé le crash de *Bird of Islands*, Laura lui avait témoigné une véritable amitié. N'empêche qu'il s'était montré odieux en lui signifiant, peu de temps après la disparition de John, qu'il voulait reprendre la maison. Il n'aurait jamais pu supporter que la femme qu'il aimait – celle qui en pleurait un autre – puisse continuer à vivre à deux pas de chez lui. Depuis lors, il se rendait assez régulièrement à Yucca, comme pour guetter un changement chez Laura. Un changement en sa faveur. Mais il avait compris qu'elle avait décidé de tourner la page, qu'elle ne voulait plus entendre parler de sa vie d'avant, ni de ceux qui y avaient été associés. Elle ne refusait pas de passer une soirée en sa compagnie, quand Bob lançait une invitation, mais c'était pour Bob qu'elle le faisait. Elle semblait heureuse et ses bouquins se vendaient bien. Elle s'était construit une nouvelle vie, où Dennis Catherwood n'aurait jamais sa place. Il lui restait Francès, et il ne devait pas bouder sa chance. Pour ce qui était de Laura, il serait toujours prêt à intervenir si elle avait besoin de lui, ce qu'elle semblait ignorer. Il ne pouvait lui en vouloir. Il avait accumulé trop de maladresses. Et même s'il faisait ce qu'il pouvait pour garder le contact, elle ne serait jamais à lui.

*

Son père lui avait sauté dessus au petit matin. Pour lui dire que l'avion se poserait à 10 h 45. L'heure habituelle depuis des années. Cela signifiait qu'il devrait mettre sa vie en stand-by pendant quarante-huit heures. Pourquoi pas. À maintes reprises, il avait proposé d'avoir sa propre maison mais, à chaque fois, Dennis en avait fait toute une histoire. Autant se faire à l'idée qu'il serait, à vie, le gardien de la *Napa Villa*, la propriété de son excellence Dennis Catherwood.

La maison se trouvait à deux pas du musée. Une maison en bois, joliment proportionnée, construite sur une butte plantée de palmiers, de cactus et de bougainvilliers. Comme beaucoup de constructions du centre-ville, les murs en bois étaient recouverts de ciment ocre, imitant l'adobe. Toit de tuiles, fer forgé aux fenêtres, patio dallé de pierres roses. Une cascade alimentait un bassin couvert de nénuphars. Il y avait un vaste salon, somptueusement aménagé, un bureau, deux grandes chambres à l'étage, une cuisine bourrée de gadgets, une salle de bains avec jacuzzi. Bob avait apporté beaucoup de soin au jardin : un passe-temps auquel il consacrait chaque jour une heure ou deux, ne souhaitant pas confier cette tâche à un jardinier.

Il avait toujours vécu seul. Pendant plus d'une année, il avait entretenu une relation pleine de fantaisie avec un ami, le gérant d'une boutique de fringues, chacun vivant de son côté. Mais Frankie avait finalement choisi de s'installer à Los Angeles, plus exactement à Santa Monica, et ils ne se voyaient plus que de loin en loin. Une aventure finissante.

Certains de ses amis homos avaient l'habitude de fréquenter un hôtel réservé à la clientèle gay, un hôtel situé dans une localité voisine, le *Paradise Resort*, mais ce ghetto pour joyeux drilles de la «haute» ne l'avait jamais intéressé. The *Decadence Park*, comme l'appelait Frankie.

Son travail l'obligeait à une certaine discrétion. Les résidants de Yucca étaient plutôt conservateurs, et même si personne ne se mêlait de sa vie privée, il préférait ne pas attirer l'attention.

Il s'était efforcé de donner au musée un nouveau dynamisme, et cette occupation le comblait. Il fréquentait surtout des couples de son âge : Benny, le lieutenant de police et sa femme Cynthia – des Afro-Américains comme on disait à présent –, Wilfrid et Rosita, les propriétaires d'une pension de famille – des métis de sang indien –, mais aussi Ralph, le fils du maire – un célibataire –, et bien entendu Laura.

Laura était sa confidente. Elle était plus âgée que lui, mais c'était la personne dont il se sentait le plus proche. Comme lui, elle aimait le désert. Comme lui, elle savait percevoir cette vie qui palpite à fleur de silence et d'espace. Comme lui, elle avait opté pour la distance, cette distance qui permet d'écouter à loisir le chant du monde.

Parfois, ils partaient en direction des canyons, cherchaient un promontoire où s'arrêter, restaient là à contempler les failles vertigineuses où s'engouffraient leurs rêves. Ils parlaient. Se taisaient. Attendaient. La silhouette d'un coyote solitaire se profilait, surgie de nulle part. L'animal, craintif, s'immobilisait. Les contemplait longuement. Se risquait à faire quelques pas, puis repartait, pensif, à son énigmatique destin.

John et Laura avaient formé un beau couple, plein d'allant, si ce n'est que Morton essayait toujours, plus ou moins, de la contrer. C'était le genre d'homme qui se choisit une femme de qualité, et qui ne cesse ensuite de lui imposer les normes de Madame Tout-le-monde. Comme une vengeance. Un vieux compte à régler. Laura avait toujours réagi avec élégance, mais on voyait bien qu'elle était souvent sur le point d'exploser. Il faut dire qu'elle avait eu fort à faire, surtout quand il y avait les deux lascars à supporter. Leurs proclamations de pionniers à la manque ! Leurs élucubrations sur l'immigration : *des traîne-savates dont on n'avait que faire*, sur l'aide sociale : *l'encouragement à la paresse*, l'intégration : *la promotion des incapables*. Et dire que John se prétendait démocrate ! Pourtant, du jour au lendemain, son comportement à l'égard de Laura avait changé. Il était devenu un mari attentif, ne donnant plus l'impression d'être sans cesse sur le qui-vive. Bob s'en était réjoui. Mais la mort de Morton ne l'avait pas vraiment affligé. Même si celui-ci était devenu sur le tard – mais trop tard – plus chaleureux et plus ouvert, cela ne suffisait pas à faire oublier l'homme arrogant qu'il avait été. Il était certain que sa mort avait bouleversé Laura. Mais, à présent, elle semblait avoir retrouvé un dynamisme que Bob ne lui avait jamais connu du temps de John, comme si elle voulait savourer chaque minute d'une existence qui lui aurait été temporairement retirée.

Leur collaboration s'était établie le plus naturellement du monde. Elle lui avait tout d'abord donné un coup de main, à titre amical, pour mettre de l'ordre dans les archives du musée, jusqu'à ce qu'il soit devenu possible de créer un poste de documentaliste à mi-temps.

Le regard de Bob croisa celui de Mary, sa dévouée secrétaire qui, pour le moment, faisait fonction de guide pour une dizaine de personnes, catégorie troisième âge. Mis à part les groupes scolaires, peu de jeunes fréquentaient le musée. Yucca City n'était pas une destination pour teenagers. Trop paisible. La jeunesse californienne préférait évoluer en rollers sur les plages de Venice ou de Santa Monica, plutôt que de découvrir les joies du golf et des cures thermales qui, à leurs yeux, étaient tout juste bonnes pour les croulants. Ils avaient bien raison : c'était à ce genre de considération que la ville devait sa tranquillité.

Mary eut un geste discret en direction d'un visiteur qui allait d'une vitrine d'exposition à une autre, l'air absent. Assurément, le gars avait autre chose en tête que les pierres du désert. Il portait un pull de cachemire à col roulé, un touriste de toute évidence, car même si, en cette période hivernale, les soirées étaient fraîches, la température avoisinait toujours les 20° dans la journée.

Comme s'il avait compris qu'on le surveillait, l'homme fit quelques pas, d'un air faussement dégagé, pour s'absorber finalement dans la contemplation d'une reproduction représentant un chef indien en tenue de cérémonie. Mais ses yeux semblaient errer en direction du plafond, plutôt que de se fixer sur la vieille photographie sépia. Bob réalisa qu'il avait déjà vu ce type quelques jours plus tôt, et qu'il avait également été intrigué par son comportement.

Il l'avait remarqué depuis la mezzanine qui donnait sur la salle des archives et l'homme, qui pourtant n'avait aucune raison de se sentir observé, avait eu un brusque mouvement de recul, comme s'il cherchait à se cacher derrière un pilier. Le regard de Bob avait fait le tour de la pièce, afin de trouver une explication à ce curieux manège. Il n'avait rien décelé de particulier, si ce n'était l'arrivée soudaine de Laura qui avait déposé un document sur le bureau de Mary, avant de ressortir aussi vite qu'elle était venue. L'homme, toujours derrière son pilier, s'était figé. Et, moins d'une minute plus tard, il avait disparu.

Cette fois encore, son attitude manquait singulièrement de naturel. Après avoir consulté furtivement sa montre, il alla se planter devant une autre photographie, à laquelle il ne s'intéressa pas davantage qu'à la précédente. Puis, sans se retourner, il gagna la sortie. Un de ces types qui ne sait pas trop comment tuer le temps, se dit Bob, notant au passage que Mary avait entraîné son petit groupe vers la cafétéria du musée.

*

Jacques Marette rejoignit rapidement son hôtel. Cette fois, il s'était rendu au musée à pied, et cela avait été une bonne idée. Peu de chance qu'on puisse le reconnaître, du moins s'il veillait à s'habiller différemment la prochaine fois qu'il irait en ville, tandis qu'il suffisait d'un coup d'œil sur la plaque d'immatriculation pour identifier un véhicule. Retourner au musée avait été une erreur. Dès son arrivée à Yucca City, il avait eu la chance de pouvoir localiser cette fieffée salope, et il en savait désormais suffisamment sur son compte pour ne pas prendre de nouveaux risques.

Lors de sa première visite au Desert Memories Museum, ils avaient failli se retrouver nez à nez, quand elle avait fait irruption dans la salle consacrée aux reptiles. Fort heureusement, elle ne l'avait pas remarqué. Il l'avait tout de suite reconnue – elle n'avait pas tellement changé. Et dès qu'il avait eu confirmation de l'endroit où elle travaillait, il s'était contenté de surveiller ses déplacements depuis le parking.

Planqué derrière les vitres fumées de sa Jeep de location, il avait constaté qu'elle quittait, chaque jour, son travail à midi. Puis il s'était décidé à la suivre.

La première filature n'avait rien donné. Au bout d'une dizaine de kilomètres, elle s'était garée devant un centre commercial, mais il y avait trop peu de véhicules en stationnement dans le coin pour qu'il reste à l'attendre, sans risquer de se faire repérer. La deuxième fois avait été la bonne.

En sortant du musée, elle avait pris Yucca City Drive puis, au bout de deux ou trois kilomètres, une route qui montait à travers les reliefs plus ou moins escarpés qui dominaient la ville. Une zone rocailleuse, parfaitement déserte. Elle allait bientôt regretter d'avoir choisi de crécher dans un endroit pareil.

Quand il avait compris que la route se terminait par un cul-de-sac, en fait un terre-plein qui permettait aux véhicules de faire demi-tour, il avait stoppé à mi-course. Assez proches les unes des autres, il n'y avait que trois maisons, et elle habitait la dernière. Il n'avait pas insisté, mais était revenu à la tombée de la nuit. Il s'était garé en contrebas, et avait poursuivi à pied.

À part la sienne, une seule villa semblait occupée. Une curieuse maison aux parois translucides, d'où s'échappait une musique folklorique avec flûtes et tambours. Autant dire un quartier de dingos. Il avait distingué deux personnes, très certainement un homme et une femme. Il n'en était pas vraiment sûr. L'éclairage, associé à l'épaisseur du vitrage, donnait à tout ce qui se trouvait à l'intérieur des contours plutôt flous.

Elle habitait un bloc de béton aux lignes épurées avec, barrant la façade, une large baie vitrée. Il en avait fait le tour. On pénétrait par l'arrière. Il n'y avait pas de clôture. Toutes les pièces étaient éclairées. Il avait repéré une cuisine, une salle de bains et une chambre. De l'autre côté, un living et une grande pièce – une deuxième chambre, peut-être – surplombaient la route. Il était revenu le soir suivant, un peu plus tard et, cette fois, il était allé jusqu'à la porte d'entrée. Il avait posé sa main sur la poignée – ayant pris la précaution d'enfiler des gants – et l'avait fait tourner imperceptiblement. La porte n'était pas fermée à clef. À croire qu'elle s'imaginait au paradis ! À New York, tout le monde se barricadait, lui le premier... Il n'avait pas insisté.

En reprenant la route, il avait remarqué que la maison de verre était plongée dans le noir. 22 heures. Des couche-tôt.

Il savait maintenant qu'elle vivait seule. Qu'elle n'avait que deux voisins, dont les habitations étaient suffisamment en retrait pour qu'une opération bien montée puisse passer inaperçue. Il se donnait une semaine pour mettre son projet à exécution.

Il était venu pour tuer, et cette pensée occupait tout son esprit. Comme un slogan, comme une incantation. Comme un arc tendu à la limite de sa puissance, prêt à lâcher sa flèche meurtrière. Il portait cela en lui depuis toujours. Elle lui offrait l'occasion de passer à l'acte.

★

Il avait quitté New York par avion. Destination : San Francisco. Quinze jours de congés, prévus depuis longtemps. Il avait réservé sous le nom de Jack Parker.

Mieux valait ne pas changer de prénom, ça évitait les confusions. C'était également sous ce nom qu'il s'était inscrit à l'hôtel. Il avait loué une Jeep Cherokee à San Francisco, un modèle comme on en voit souvent en Californie. De couleur grise. Ça tombait bien : si les voisins de cette foutue chienne le repéraient, sans doute ne feraient-ils pas la différence avec sa Toyota qui était de la même couleur.

Il passa sous la douche. Enfila un peignoir de bain. L'ascenseur qui se trouvait au bout du couloir permettait d'accéder directement au centre thermal de l'hôtel. Il avait besoin d'entretenir sa forme. Après le sauna, il passerait un quart d'heure dans ces bains à remous, aux vertus soi-disant thérapeutiques, puis s'offrirait une séance de massage. Il avait beau se dire que rien ne pressait, il savait, qu'en réalité, son esprit était en ébullition.

Il aimait bien cet endroit. Super clean. Vestiaires spacieux. Salon d'attente avec revues – des revues de luxe, pas des magazines défraîchis vieux de dix ans. Avant de s'abandonner aux mains d'un masseur professionnel, on passait par une salle de repos – musique douce : bruit des vagues sur la grève, cri du cormoran – où les employées vous appliquaient des compresses d'eau glacée sur les paupières. Pas de masseuses chez les hommes. Dommage. Mais le centre tenait à sa réputation.

Le personnel était aux petits soins. Vous proposait une variété de thés sophistiqués, parfumés à la mangue, au cassis, à la vanille ; des cocktails de vitamines. Les filles de la réception commençaient à le connaître. Aujourd'hui c'était la Belge et la Mexicaine.

Pas de quoi faire rêver, mais il se lança néanmoins dans son habituel numéro de séduction. Il ne pouvait s'en empêcher. S'assurer encore et encore que ça marchait. Elles lui donnèrent du Monsieur Parker long comme le bras.

La petite Belge lui portait sur les nerfs. Que faisait donc une Belge dans ce trou perdu ? Elle avait le teint pâle, des yeux trop clairs comme délavés, le cheveu terne, et cette humilité un peu triste qui caractérise les vaincus. Il la complimenta sur sa coiffure qui n'était guère plus folichonne que la veille, avec cette joie perverse qu'il éprouvait toujours quand il débitait des flatteries sans en penser un mot. Elle le remercia avec un sourire niais qui lui donna envie de la gifler.

Les deux petites parlaient facilement. Elles lui avaient dit qu'elles partageaient une maison à Sandy Bird, une localité située à une dizaine de kilomètres de la ville. Elles ne travaillaient ensemble que deux jours par semaine. Les autres jours, l'une faisait le matin, tandis que la seconde officiait l'après-midi. D'autres filles travaillaient à la réception, mais en cette fin de matinée, où il y avait peu de clients, deux personnes suffisaient.

La Mexicaine lui tendit sa clé de vestiaire qu'il devait garder au poignet, ainsi que deux épaisses serviettes de bain, et des tongs en plastique antidérapantes.

Quand il fut installé dans le sauna, l'idée qui l'avait effleuré le jour précédent – même endroit, même heure – s'imposa avec la force d'un trait de génie : il lui fallait faire ses gammes avant le grand saut. Un acte gratuit qui aurait le mérite de brouiller les cartes.

Que l'on puisse établir un lien entre lui et Laura Morton, c'était déjà improbable, mais établir un lien entre lui et cette pauvre chose efflanquée, il n'y avait aucun risque. Plus qu'un ballon d'essai, il venait de trouver la meilleure couverture dont il ait pu rêver. Avec sa mine de papier mâché et les cernes qu'elle avait sous les yeux, il n'était pas impossible que la gamine prît de la drogue. Les flics tomberaient dans le panneau. Règlement de comptes chez les paumés. Ça les occuperait un moment. Pendant ce temps, il aurait tout le loisir de régler son fait à la Morton. D'une pierre deux coups. Le scénario drogue le tiendrait à l'écart des suspects potentiels. Il aurait le temps de filer.

Pour la Belge, il ne fallait pas attendre. Une décharge d'adrénaline lui fouetta le corps. Il allait suivre les filles qui, s'il avait bien compris, quittaient leur travail à 13 heures. Elles utilisaient probablement le même véhicule. Il faudrait qu'il se fasse discret. Le parking, utilisé également par les employés de l'hôtel, se trouvait de l'autre côté de la route. Depuis le parking, on pouvait surveiller l'entrée principale, qui était aussi la sortie du centre thermal. Il allait y garer immédiatement sa voiture, et il suffirait qu'il s'y trouve cinq à dix minutes avant 13 heures.

Il avait en sa possession un pistolet, un poignard, et ce qui avait été un lasso en cuir, acheté à l'occasion d'un voyage au Texas, qu'il avait découpé en lanières. Parfait pour la strangulation. Pour la Belge, il avait l'intention d'utiliser le pistolet et, suivant le résultat, il saurait quoi choisir pour la suivante.

Il n'avait plus une minute à perdre. Pas de massage pour aujourd'hui. Il s'en fallut de peu qu'il se ruât en direction des vestiaires. Mais pour cela il fallait passer devant la réception. Inutile d'attirer l'attention des deux filles. Revêtu de son peignoir de bain, s'obligeant à ralentir le pas, il leur fit un petit signe de la main :

– Mal au dos, mes petites cailles. Je crois que je vais me coucher. C'est que Jack Parker commence à se faire vieux !

– Mais vous n'êtes pas vieux, pouffèrent les deux innocentes.

★

Il aurait pu, tout aussi bien, jeter son dévolu sur Frida, la Mexicaine – référence à Frida Khalo[1] très certainement, encore des Rouges ! Mais celle-là avait du tonus. Le genre à se débattre, à hurler comme une furie, à retourner la situation à son avantage. Tandis qu'avec l'autre, la chétive, la vaincue d'avance, c'était comme jouer sur du velours. Pour un coup d'essai, inutile de chercher la difficulté. Il voulait juste éprouver le grand frisson. Le sentiment enivrant de tout contrôler. Avoir le pied à l'étrier en quelque sorte.

À 12 h 50, il se retrouva dans la Jeep, à l'abri des vitres teintées. À 13 h 05, les deux filles prirent place à bord d'une vieille Ford blanche, sérieusement cabossée. À 13 h 10, ils quittaient la ville. La Ford emprunta le *Highway* qui desservait les environs. À 13 h 20, ils atteignaient Sandy Bird : une cinquantaine de maisons

1. Peintre mexicaine, ayant accueilli Trotsky avant qu'il ne soit assassiné.

modestes, à flanc de colline. Un endroit sans charme, où devaient résider les employés à bas salaire qui œuvraient à Yucca City. Des maisons en préfabriqué, entourées de jardinets broussailleux. Il ralentit l'allure, et laissa la Ford s'engager dans un chemin poussiéreux, sans se risquer à la suivre. Il continua sur sa lancée. Bien lui en prit. D'où il se tenait, il pouvait voir les deux filles se garer devant une bicoque, à la limite du taudis. Une cabane en bois avec une véranda, où pendaient de tristes macramés de sisal. La maison ne devait pas compter plus de deux pièces. Seule la Belge, Christina, était descendue de voiture. La Mexicaine repartit aussitôt. Il aurait dû prendre une arme, mais tant pis. Demain serait le grand jour. Frida ferait la matinée, avant que la Belge ne prenne la relève. Il fallait donc qu'il agisse dès le lendemain matin. La proximité de l'échéance le galvanisa. Pourtant il avait la gorge râpeuse, du mal à déglutir. Jusqu'à présent, tout cela était resté du domaine de l'imaginaire. Mais, maintenant, il était urgent de mettre ses idées en pratique. Ses neurones établissaient des connections à une vitesse fulgurante. Plus question de s'attarder.

De retour à l'hôtel, il se jetterait dans la piscine. Préparerait le pistolet. Puis, après un tour en ville, dînerait léger. Le centre ouvrait à neuf heures. À neuf heures, il serait dans les parages de la petite maison minable de Sandy Bird. Prêt à l'ouvrage.

★

Tandis qu'il roulait, son esprit se focalisait sur les moindres gestes qui l'avaient exaspéré chez cette petite dinde, depuis qu'elle lui avait fait remplir sa fiche d'accès au centre de remise en forme. Trop polie. Trop déférente. Trop humble. Avec ce regard à la dérive : celui d'une gosse larguée, qui n'ose plus faire appel à ses proches. Un regard d'exil. En vertu de quel hasard avait-elle pu se retrouver en Amérique ? Même pas une hippie de la deuxième génération : trop insignifiante. Peut-être s'était-elle entichée d'un rocker ou d'un étudiant venu faire une spécialité en Europe. À moins qu'elle n'ait suivi sa mère, ou son père, ou les deux à la fois. Il aimait construire des romans dès qu'il rencontrait quelqu'un dont le comportement échappait à sa logique. Ça n'expliquait toujours pas comment elle avait atterri à Yucca City. À moins que ce ne fût une fugueuse, une clandestine qui, une fois dans sa vie, aurait eu le courage de dire non à une existence insipide. Le résultat n'était pas glorieux, et le serait encore moins dans les vingt-quatre heures à venir.

Il avait toujours été fermé à toute compassion. Les faibles, les malades, les invalides, les laissés-pour-compte, le révulsaient. Comme une peste qui pourrait vous terrasser, par le seul fait de se trouver à proximité de ceux qui en sont frappés.

Il avait envie d'en finir avec la Belge, comme on se lave les mains pour ne pas attraper la gale. Comme il lui arrivait de se jeter sous la douche après une visite dans un hôpital.

Arrivé dans sa chambre, il se sentit nauséeux. Il était encore temps de tout annuler. Tout. La Belge. La Morton. Rentrer à New York en se foutant royalement de ce qui l'avait mis en fureur. De ce qui avait fait sauter le cran de cette violence qui lui bouffait le foie depuis des années. Renoncer définitivement à l'impérieux besoin de détruire, de se libérer, en pulvérisant le mur monstrueux des interdits. Renoncer à exprimer son moi profond, en immolant une victime symbolique, ni plus ni moins coupable que les autres, mais qui avait eu le malheur de le mettre hors de lui. Définitivement HORS DE LUI. Mais il était trop tard pour renoncer. Tuer serait sa thérapie. Une thérapie définitive. Ensuite, il reprendrait sa vie normale. Se moquant éperdument de tout et de tous.

★

# CHAPITRE 3

L'histoire avait commencé quelques mois plus tôt. Il se trouvait en week-end à Cape Cod, invité par Linda Shutter, une attachée de presse travaillant dans l'édition. Une habituée des *Future & Future*, la chaîne de restaurants qu'il dirigeait avec son associé américain, Fred Norman. Trois *Future & Future* à New York, deux à Boston, et un projet sur le point de se concrétiser à San Francisco.

*Future & Future* : plus ça ne voulait rien dire, mieux ça marchait. Une idée de Fred qui, de toute évidence, avait vu juste. Décoration d'avant-garde, cuisine un rien sophistiquée privilégiant les produits français – salade de gésiers et foie gras, canapés au roquefort, émincés de magrets, mais aussi carpaccio et vins fruités. Ils avaient séduit une clientèle branchée, plutôt snob, évoluant dans les métiers du showbiz et de la communication. Ces 30 à 40 ans qui ne regardaient pas à la dépense. Des gars obnibulés par leur apparence, des filles sexy et affairées, présumées libérées mais, tous comptes faits, très réceptives au bon vieux numéro du *French lover*.

Dans la mesure du possible, il préférait garder ses distances avec les femmes qui venaient chez lui : autant éviter les embrouilles. Mais avec Linda Shutter, cela avait été différent. Elle l'avait intrigué. Sa froideur, son assurance – visage tragique, silhouette filiforme, regard de glace annulant tout velléité de familiarité, faisaient d'elle un spécimen à part. D'ailleurs cette froideur pouvait devenir lumineuse, si elle décidait de vous trouver digne de faire partie de son cercle. Tout en elle exprimait alors la fascination, le désir impérieux de vous mettre sur orbite, autour de cet astre qu'elle vénérait particulièrement : Linda Shutter en personne. Vous deveniez sa chose, mais une chose précieuse, promise à un avenir glorieux.

Ceux qui avaient l'honneur de l'escorter semblaient se soumettre volontiers à son autorité hypnotique. Des journalistes gay au teint glabre, des auteurs abîmés dans un narcissisme inquiet. Peu de femmes au demeurant.

Jacques Marette ne souhaitait être la chose de personne, mais il avait le sens des affaires. De toute manière, c'était elle qui était montée au créneau. Qu'il n'eût aucune affinité avec la littérature ou n'importe quel produit relevant de l'édition, n'était pas un problème. Elle avait décidé qu'il serait l'homme des mets raffinés, sa trouvaille, sa référence culinaire, une sorte de prototype exotique dont la valeur ne pourrait, en aucune façon, être remise en question, pour la simple raison que c'était le choix de Linda Shutter, et que ceux qu'elle condescendait à sortir de l'ombre étaient condamnés à incarner le nec plus ultra de l'excellence.

Elle n'était pas son genre. Son allure de spectre toujours vêtu de noir, son regard scrutateur qui vous évaluait sans ciller, sa bouche trop dure, trop mince, que soulignait un rouge à lèvres gris acier, n'étaient pas un appel à l'érotisme. Mais l'ensemble du visage avait de la beauté : arcade sourcilière bien dessinée, pommettes hautes, teint diaphane, carnation délicate. Linda Shutter avait du style. Il se dégageait d'elle une autorité aristocratique, celle de l'argent. Et c'était tout cela qui avait bluffé Marette.

Un jour, elle l'avait littéralement convoqué à un dîner en tête-à-tête, lui déclarant d'entrée de jeu qu'elle avait l'intention de s'intéresser à la promotion des *Future & Future*, et d'en faire un lieu incontournable pour les gens de l'édition et de la presse de qualité – il y avait des *Future & Future* à Broadway, près de Madison Avenue, mais aussi à Tribeca. Elle ne lui demandait rien en échange, si ce n'est d'avoir table ouverte dans ses restaurants. Rien de trop ruineux à première vue, Linda Shutter pratiquant les repas en petits comités. C'était *just for the fun* ! Et, ultime précision : pas de coucheries au programme. Ça, il l'avait tout de suite compris, seul le pouvoir intéressait cette étrange bonne femme. Pour mener à bien son audacieux projet, elle voulait lui présenter du monde. Du monde qui comptait. Et c'est ainsi qu'il s'était retrouvé à Cape Cod.

La famille de Linda avait fait fortune dans l'import-export, et possédait une propriété dans cette station bien connue du Massachusetts. Marette y avait été tout d'abord invité à l'occasion du centenaire de l'entreprise Shutter. Un week-end à la Gatsby, où s'étaient bousculées deux à trois cents personnes. Mais Linda avait tenu parole. Elle ne l'avait pas lâché un seul instant, vantant la cuisine et le style des *Future & Future* à qui voulait l'entendre. L'excellence *Frenchy*, rien de moins. Elle l'avait présenté, entre autres, à un gars venu de San Francisco – une valeur sûre, Linda Shutter dixit – avec lequel lui et Fred étaient actuellement en pourparlers, avec la perspective d'une ouverture de restaurant sur la côte ouest.

Il était devenu un habitué des week-ends à Cape Cod. Des week-ends beaucoup plus intimes que celui au cours duquel il avait eu l'occasion de découvrir la propriété. Et même s'il ne comprenait pas toujours pourquoi Linda tenait à sa présence, il s'en trouvait flatté.

La maison, qui comptait une dizaine de pièces, était superbe. Avec un parc immense, qui descendait jusqu'à la mer. Deux fois par mois, Linda y conviait cinq à six personnes, immédiatement reconnues comme membres d'honneur de la cour rapprochée. Cela pouvait être un journaliste qu'elle avait décidé de mettre dans sa poche, ou un auteur dont il fallait se débarrasser en y mettant les formes.

Linda, toujours hyperactive à New York, pouvait passer quarante-huit heures à ne rien faire, absolument rien, dès lors qu'elle était chez elle, restant une grande partie de la journée au bord de la piscine, à l'ombre d'un immense parasol destiné à protéger sa pâleur légendaire, accordant à ses invités, quand elle ne lisait pas, l'honneur de partager à ses côtés quelques fielleux potins. Et quand les conditions météo laissaient à désirer, elle conviait tout son monde dans la salle de projection dont était pourvue la maison.

À midi, les repas se composaient généralement de salades ou de sandwichs et, le soir, la petite bande, ravie de jouer les gens simples, allumait un barbecue pour y griller des côtes de bœuf, plus souvent accompagnées de bière que de bordeaux, au grand dam du Français. Mais, pour le reste, celui-ci s'adaptait fort bien à ce genre de vie, ayant toujours été un adepte du farniente et de la bronzette – surtout à l'époque où il vivait sur la Côte d'Azur.

Durant ces week-ends, il avait le sentiment d'être quelque chose comme une pièce de puzzle, pas très intéressante en elle-même, mais indispensable au bon fonctionnement d'une représentation dont il était témoin, sans véritablement en saisir les codes. Mais, surtout, il découvrait combien il pouvait être reposant de mettre les jeux de la séduction en veilleuse, de ne plus avoir à se situer dans la performance, si ce n'était celle, peu compromettante, de chevalier servant.

Ils étaient devenus bons amis, même si Linda ne lui faisait pas de cadeaux. Elle s'amusait à le traiter de macho, d'homme de Neandertal, surtout quand elle le surprenait à lorgner les filles dénudées des journaux à scandale, ou quand il se laissait aller à évoquer ses conquêtes – *Vous perdez votre mystère, mon cher !* D'ailleurs ni lui, ni aucun autre invité mâle de Miss Shutter, n'étaient autorisés à venir accompagnés. Elle aimait se moquer de lui, mais personne ne pouvait nier qu'une complicité quasi fraternelle s'était installée entre eux.

Ce jour-là, ils se trouvaient dans le salon-bibliothèque, une pièce donnant sur les dunes et la mer, quand il avait remarqué, posé sur une table basse, un de ces *paperbacks* – l'équivalent d'un livre de poche – dont le titre aurait pu se traduire en français par «Un homme vaniteux». Il avait ouvert distraitement le bouquin, tandis que Linda le regardait d'un œil narquois :

– Ce livre te ressemble, du moins le sale mec qui y sévit te ressemble, avait-elle laissé tomber de son habituelle voix haut perchée, un peu exaspérante, teintée d'ironie.

– Laisse-moi vivre, vieille chipie ! Et dis-moi plutôt en quoi je serais un sale mec ?

– Je te prie de croire que je n'y suis pour rien. C'est simplement une de tes compatriotes pour qui les gars de ton espèce semblent n'avoir plus le moindre secret. Ça m'a frappée, c'est tout.

Le nom de Laura Morton, écrit en rouge sur la couverture, ne lui disait rien. Mais, au dos, se trouvait l'inévitable texte promotionnel, assorti d'une photo. Il avait déjà vu cette tête quelque part.

– Morton, ce n'est pas un nom français !...

– D'après ce que je sais, c'est le nom de son mari. Mais elle est bel et bien française. Disons qu'elle doit avoir la double nationalité... C'est une fille que nous éditons. Personnellement, je ne m'occupe pas de ce genre de livres, mais je sais que c'est une ancienne photographe, et qu'elle vit en Californie.

Il fit mine de se désintéresser de la question mais, le soir venu, il emporta le livre dans sa chambre.

Un homme d'affaires parisien, décidé à refaire sa vie du côté de Miami Beach, parvenait à se débarrasser de son épouse, sans éveiller de soupçons. Sur fond de trafic de faux tableaux, apparaissait l'inévitable maîtresse, avide et calculatrice, qui ne tarderait pas à causer sa perte.

Marette avait parcouru le livre en diagonale pour, finalement, succomber à la curiosité. Avant de quitter la France, le type, qui se targuait de jouer les mécènes, organisait une exposition destinée à assurer la promotion de jeunes talents, auxquels il prétendait ouvrir les portes du marché américain. À cette occasion, il recevait une journaliste, travaillant pour un hebdomadaire à grand tirage, peu soucieuse d'art pictural, mais très intéressée par la disparition de l'épouse. La journaliste racontait l'entrevue :

«*Charles Dufour m'avait donné rendez-vous chez lui, avec l'intention de m'en mettre plein la vue. Tableaux, sculptures, mobilier, chaque élément du décor puait le parvenu. C'était un quadragénaire aux tempes légèrement grisonnantes, abonné, très certainement, aux séances U.V. d'un quelconque Fitness Club. Il portait du Pierre Cardin, et des mocassins, non identifiés, dont le prix devait avoisiner le salaire mensuel de sa secrétaire. Sa fausse nonchalance était celle d'un prédateur :* Faisons mine de parler boulot, ma jolie, nous savons l'un et l'autre comment ce genre de séance se termine. *Il se dégageait de lui un narcissisme infantile, dont l'inspiration relevait de la bande dessinée. Un superman de pacotille, convaincu d'être irrésistible. Sa fausse jovialité, la connivence étudiée, théâtrale, dont il me faisait l'honneur, croyait-il, trahissait son incapacité à communiquer avec autre chose que lui-même. Il m'offrit du Chivas avec Bartok en fond sonore...*»

Tiens donc !

*«... Sa suffisance me révulsait. Mais je m'appliquais à jouer le jeu. J'avais promis à mon vieux copain Mathias, notre chroniqueur judiciaire, de m'informer sur les activités de la charmante Sophie Dufour, dont plus personne n'avait de nouvelles depuis plusieurs semaines, et ça valait la peine de surmonter mon impatience.»*

L'allusion à Bartok avait mis les sens de Jacques Marette en éveil. Et il ne tarda pas à comprendre pourquoi la photo de Laura Morton ne l'avait pas laissé indifférent.

*«Après une suite de propos assez peu convaincants sur la peinture contemporaine, Dufour consentit à répondre à une première question concernant cette épouse étrangement volatilisée, que la presse people avait souvent photographiée.*

*«Sa femme, me dit-il, aimait voyager. Elle se trouvait, pour le moment, au Canada. Et quand je lui demandai si elle était également à la recherche de nouveaux talents, il eut un geste évasif. Le geste d'un homme résigné, compréhensif et blessé : "Peut-être cherche-t-elle autre chose, me répondit-il. Mais permettez-moi de vous suggérer que nous touchons là à un domaine réservé, celui de la vie privée." Il était manifeste que j'avais affaire à un comédien, un mauvais comédien, convaincu néanmoins de m'avoir mise dans son camp. Et déjà, je savais que sa vanité se retournerait contre lui.*

*«Comme s'il ne doutait pas un seul instant que j'aie pu marcher dans cette fable ridicule du mari trompé mais compréhensif, il m'annonça qu'il avait prévu de nous faire servir une légère collation. J'avais un autre rendez-vous, et il me restait peu de temps, mais j'en avais appris trop peu sur Sophie Dufour, et acceptai sa proposition.*

*«Il agita une clochette en bronze, et ce que j'hésiterais à qualifier de maître d'hôtel, fit son entrée au salon. Un jeune*

*homme de type asiatique, vêtu d'un boléro aux motifs chamarrés, d'un sarong, et pieds nus déposa devant nous un plateau où trônait une timbale en argent contenant du caviar, ainsi que des blinis et de la vodka. "Juste un petit en-cas", susurra mon hôte, d'une voix lourde de sous-entendus, qui signifiait en clair : "Vous voici piégée, ma belle, c'est ainsi que je les ai toutes."*

*«Je restai de marbre, et attendis. Il servit la vodka – frappée, comme il se doit – me tendit les blinis puis, sur un ton qui voulait établir un climat de troublante connivence, se laissa aller à quelques allusions, dont le caractère scabreux aurait alerté une première communiante. Après des "Savez-vous jusqu'où peut aller une femme hystérique ?", il fut question de l'implacable loi du désir, où la "problématique de la femme en chaleur", selon ses propres termes, n'avait qu'un très lointain rapport avec la psychanalyse. Le Boléro de Ravel avait succédé à Bartok, et j'en étais à me demander comment gagner la sortie, sans courir le risque de me faire plaquer au sol.»*

Ce passage fut, pour Marette, l'onde de choc qui fit tout basculer. *Bartok. Ravel. Le caviar. La vodka.* Désormais, il savait. Cette Laura Morton qui, à l'époque, s'appelait Desmaret ou Dumaret, avait voulu l'épingler. Il se sentit mis à nu, comme si l'enregistrement vidéo de ses ébats érotiques avait été projeté en plein Broadway, comme si la une de *Time Magazine* ou de *Newsweek* avait proclamé à toute l'Amérique : «Jacques Marette, ce fieffé rigolo !»

Il eut envie de réduire le livre en miettes, envie de prendre entre ses mains la gorge de cette foutue Morton, et de serrer très fort. Mais une pulsion masochiste l'obligea à poursuivre.

*«...L'homme d'affaires averti, amoureux des arts, ne pouvait plus cacher sa nature profonde, celle d'un triste obsédé sexuel, quémandeur pitoyable d'émotions bas de gamme, mais convaincu de maîtriser, haut la main, la partition frelatée du parfait don Juan. Après lui avoir dit que le temps me manquait, et qu'il n'entrait pas dans mes attributions de soigner les fantasmes de ceux que j'interviewais, je le laissai à son caviar et à son majordome d'opérette. Fort peu élégamment, je pris congé.»*

Il n'en avait pas lu davantage. La scène qui s'était déroulée chez lui, quelques années auparavant, dans un salon de l'hôtel dont il était propriétaire, avait retrouvé toute sa force. Une scène parmi tant d'autres, oubliée depuis longtemps, une scène de rien du tout, dont le dénouement n'avait suscité de sa part qu'un distrait haussement d'épaules, mais que personne n'avait le droit de s'approprier.

«*Triste obsédé sexuel*», «*quémandeur pitoyable*», autant d'expressions qui tournaient dans son esprit comme une boucle, comme un refrain empoisonné. Au nom de quoi cette fille pouvait-elle se gausser de ses fantasmes ou de son attitude, avec ce vocabulaire digne d'un spécialiste en affaires de mœurs ? Il avait toujours eu du succès auprès des femmes, et peu importait que cette Morton-Desmaret ait voulu jouer les professionnelles de grande vertu – on ne pouvait gagner à tous les coups – mais de là à se comporter en procureur, il ne fallait tout de même pas se f... du monde !

Il était un séducteur-né, mais n'y était pour rien. Quelque chose comme une qualité génétique. Il aimait ce moment où une femme se défait de son quant-à-soi, de sa réserve, pour devenir servile, éperdue. Le plus difficile consistait à gérer l'après-séduction. Le fait d'avoir été marié lui avait été utile. Le «Soyons raisonnable, je ne veux pas faire souffrir !» avait toujours donné d'assez bons résultats. Mais Anna s'était lassée, elle avait voulu divorcer, et les choses étaient devenues beaucoup plus compliquées. Il s'était inventé toutes sortes d'obligations, des enfants imaginaires – que certaines se déclaraient prêtes à élever – jusqu'à ce que son départ pour les États-Unis résolve définitivement la question.

Dans cette ville, les femmes étaient plus pragmatiques. Elles voulaient s'offrir un peu d'extase, comme on s'offre une ligne de cocaïne, et les plans de carrière ne laissaient guère de place aux relations durables, du moins chez celles qu'il fréquentait. New York lui convenait. D'ailleurs depuis qu'il était devenu le joujou de Linda Shutter, il en arrivait à se demander s'il n'était pas temps de laisser tomber toutes ces histoires, de cultiver essentiellement ses relations professionnelles, et de jouir de sa liberté, en solitaire. Mais que personne ne vienne lui chercher noise. Devoir élaborer sans cesse de nouvelles stratégies était devenu lassant. Passée la satisfaction d'avoir pu vérifier que son charme opérait toujours, il n'éprouvait désormais que de l'ennui. Peut-être était-il en train de prendre un sérieux coup de vieux, mais il n'aspirait plus qu'au confort. Le comportement de Linda Shutter lui avait suggéré de nouvelles voluptés, celle d'un pouvoir qui ne se partage pas, celle d'un ego enivré de lui-même.

Il avait acheté un appartement à Tribeca, en bordure de l'Hudson, parce que c'était là qu'il fallait habiter.

Miroirs, faux marbre, lithos au goût du jour. Il essayait de l'imaginer sans les femmes. Sans ces tête à tête qui lui étaient de plus en plus pesants. Sans l'inévitable dénouement, fastidieux. Rentrer chez soi, glisser un CD dans le lecteur de disques, se servir un verre - il s'interdisait de boire au cours de la journée - s'endormir, un livre à la main. Il n'avait jamais beaucoup lu, mais pourquoi pas. Cette idée lui trottait dans la tête depuis déjà un bon bout de temps.

*Bartok. Ravel. Le caviar. La vodka.*

Hormis la scène de séduction manquée, le reste de l'histoire n'avait rien à voir avec lui. Il n'avait pas tué sa femme – dommage. N'avait jamais donné dans le trafic de faux tableaux. Évidemment, sur ce plan, la Morton était inattaquable. Mais pas question de minimiser. Il avait laissé son passé derrière lui. Avait conquis l'Amérique, du moins avait-il réussi là où la concurrence ne faisait pas de cadeau. La nécessité de réagir à l'offense, le rendait capable du pire. *Profite bien de ton succès, sale petite garce, tu n'en as plus pour longtemps.*

Elle ne s'était pas présentée comme journaliste, mais en tant que photographe. L'hôtel était situé dans l'arrière-pays niçois. Un mas qu'il avait fait retaper, et qui méritait bien ses trois étoiles.

Un dictateur déchu, après une fuite rocambolesque, avait tenté de chercher refuge en France. Le Quai d'Orsay, bien embarrassé, avait transigé : six semaines maximum. Un séjour sous bonne garde, aussi discret que possible. Fallait-il encore trouver un lieu de résidence. C'est alors qu'on lui avait fait des propositions avantageuses, son hôtel étant plus facile à surveiller que les palaces de la côte qui, de toute manière, s'étaient défilés.

Ayant dû obtenir des tuyaux, avant que la presse ne commence à parler de l'affaire, et avant que l'encombrant personnage n'emménage, Laura Desmaret avait réservé une chambre comme simple cliente. Il avait été convenu que l'hôtel serait fermé au public pendant le séjour de l'ex-président, mais il restait encore une semaine avant le jour J, ce qui lui permettait toujours d'accueillir du monde.

Une fois sur place, elle ne lui avait pas caché la raison de sa présence, et ne lui avait pas davantage demandé de se faire engager comme réceptionniste ou femme de chambre. Non, elle voulait simplement des précisions sur les mesures envisagées pour éloigner les curieux. Il ne pouvait se permettre de satisfaire sa curiosité, mais il lui avait laissé entendre qu'il pourrait lui fournir certains renseignements. Il était quelque peu sur les nerfs, sa femme venant de le quitter, et une petite aventure sans conséquence serait la bienvenue. On était en décembre, et seules deux autres chambres étaient occupées – deux couples fortunés, mais âgés, des Anglais si sa mémoire était bonne, et mieux valait profiter de l'aubaine pendant qu'il était encore temps.

Il l'avait laissé mariner toute la journée, affectant d'être débordé – ce qui était vrai – mais, le soir venu, il l'avait invitée à prendre un verre dans l'un des salons de l'hôtel, le plus confidentiel des salons, ouvrant sur un bureau qui lui servait de garçonnière – le système s'était avéré payant plus d'une fois. Il avait prévu d'y faire servir un dîner léger, mais suffisamment «classe» pour mettre le maximum de chances de son côté.

*Bartok. Ravel. Le caviar. La vodka.*

Elle était arrivée au rendez-vous, vêtue d'une chemise de flanelle et d'un pantalon de daim qui lui faisait comme une seconde peau. Maquillage discret, coupe de cheveux à la Fonda – version Klute : l'ensemble était parfait.

Il lui avait proposé du Chivas – *forcément* – ce qu'elle avait semblé apprécier, et s'était étonné qu'une photographe se soit déplacée, alors qu'il n'y avait rien ni personne à photographier.

– D'abord il y a vous, sans compter les appartements où seront logés vos honorables visiteurs. Quelques photos qui ne devraient pas prêter à conséquence !

Il lui avait répondu que c'était impossible. On lui avait demandé de se montrer extrêmement discret.

Plus tard, un reportage était paru dans la presse, illustré par un document un peu flou : l'ex-président et sa femme, derrière une fenêtre, et il avait compris qu'il s'était fait avoir. Elle avait dû profiter de son séjour pour repérer les chambres, ainsi qu'un accès qui lui avait permis de s'introduire dans le parc quelques jours plus tard. Les paparazzi avaient campé pendant près de quinze jours autour de l'hôtel, mais le service d'ordre, mis en place à cette occasion, avait su les tenir à distance.

Toujours est-il qu'il avait déployé le grand jeu. *Bartok, Ravel, le caviar, la vodka*, et que ça s'était terminé... à peu près comme elle l'avait raconté. Inadmissible.

Après avoir refermé le livre, il l'avait remis dans le salon. Puis, alors que la maison de Linda Shutter était plongée dans l'obscurité, il avait marché vers le bord de mer, et s'était assis sur le sable.

*

Il aurait pu oublier l'affaire. Peut-être, même, en sourire. Reconnaître que Laura Morton savait tirer parti de ses rencontres, et n'y plus penser. Après tout ce n'était qu'un roman. Elle avait utilisé une scène, un décor, et rien ne prouvait que les commentaires qu'elle faisait à propos de Dufour le concernaient. Mais ce n'était pas la peine d'essayer de se duper. Quelque chose en lui avait été touché, quelque chose qui allait bien au-delà de l'image de lui-même qu'il s'était forgée, et qu'elle avait piétinée avec le plus souverain mépris. Ce mépris qu'il y avait eu dans sa voix quand elle s'était levée, lors de leur lointain et unique tête à tête, le dominant de sa superbe, laissant tomber chaque mot comme des grêlons d'orgueil : «Il n'entre pas dans mes attributions, Monsieur Marette, de soigner les fantasmes de ceux que j'interviewe !» Et puis, ce regard. Un regard qui vous annule. Le même regard qu'avait eu Anna lorsqu'elle avait annoncé qu'elle le quittait : «Tu ne changeras jamais. J'ai essayé de te comprendre, mais tu n'es qu'un malade !» Mais surtout le regard de sa mère, Béatrice, quand ils s'étaient revus, des années après qu'elle eut quitté la maison familialc pour rcjoindre, à Buenos Aires, un type plein aux as qui, paraît-il, savait traiter les femmes en seigneur. Il avait surtout un solide compte en banque.

Il avait été élevé par sa grand-mère paternelle, en région parisienne, même avant que son père ne se soit remarié. En fait ni son père ni sa mère n'avaient voulu de lui, mais ils avaient payé pour être tranquilles, et il n'avait jamais manqué de rien. Ils s'étaient contentés de réparer l'erreur d'avoir mis au monde un enfant qui les encombrait.

À l'occasion d'un séjour en France, sa mère avait voulu le revoir. La rencontre devait avoir lieu dans un grand hôtel de la côte normande, où son riche mari sud-américain avait réservé une suite. À cette époque, il venait de réussir l'examen d'entrée à H.E.C. Même son père en avait été épaté. Il avait fait le voyage en train et, durant tout le trajet, avait songé à la meilleure façon de l'impressionner.

Sa grand-mère n'avait jamais pardonné. Une femme qui abandonne son enfant n'était qu'une misérable. Mais de son côté, il éprouvait une certaine admiration pour cette mère qui n'avait pas hésité à braver le qu'en-dira-t-on, à ses yeux, le propre d'un esprit libre et audacieux. Certes elle avait choisi l'argent, mais elle avait également voulu fuir une vie déprimante et ennuyeuse. Son père, professeur de mathématiques dans un collège, était l'homme le plus rasoir qu'il eût connu. Un rabat-joie comme on n'en fait plus. Allez savoir pourquoi François Marette avait choisi d'épouser une femme qui ne songeait qu'à sortir et s'amuser. Une évaporée, disait sa grand-mère. En réalité, Béatrice avait passé son temps à rêver sa vie, s'identifiant aux stars des films américains d'après-guerre dont elle était une consommatrice effrénée.

Il s'était rêvé lui-même en homme d'affaires brillant, entouré de femmes sophistiquées. Il voyagerait, jouerait au golf, fréquenterait les champs de course et les palaces. Béatrice n'aurait pas à rougir de lui.

Quand il avait pris un taxi à la gare, pour se rendre à son rendez-vous, sa stratégie était claire : il serait léger, désinvolte – ne pas remuer le passé, à chacun sa vie. Il se présenterait à elle en adulte. Pas de démonstration d'affection dont ni l'un ni l'autre n'avaient besoin. Mais il saurait lui prouver qu'ils étaient du même sang.

Elle l'attendait dans le hall. Installée, en compagnie de deux autres femmes, une coupe de champagne à la main. Elle lui avait adressé un regard distrait, poursuivant sa conversation, pendant ce qui lui avait semblé une éternité, alors qu'il restait planté là, n'osant pas l'interrompre. Puis, d'un geste impérial, elle lui avait fait signe de s'asseoir, tandis que ses compagnes le jaugeaient, le sourire aux lèvres, comme on évalue un pur-sang. Sa mère, quant à elle, l'avait contemplé d'un œil dubitatif, avant de partir d'un rire théâtral :

– Mes amies, me voici revenue dix ans en arrière. Tout le portrait de son père, à croire que je n'y ai pas été pour grand-chose !

Il avait fait semblant de trouver ça drôle. Puis, elle avait pris sa main, comme on accorde une faveur à un amoureux transi et, avec l'air de s'excuser vis-à-vis de ses compagnes, lui avait fait subir un interrogatoire en bonne et due forme. Tout cela sur le ton de la conversation mondaine, entrecoupé de sourires indulgents.

Et c'est de la même manière qu'il lui avait donné la réplique.

Elle était un peu trop maquillée, mais avait de la classe. Son épaisse chevelure brune, souplement rejetée en arrière, avait dû être travaillée par un coiffeur le matin même. Elle avait des bagues à chaque doigt, des rubis aux oreilles, et la tunique, brodée de perles qu'elle portait sur un pantalon de soie écarlate, venait assurément de chez un grand couturier. Elle lui posait des questions futiles : avait-il du succès auprès des filles ? Aimait-il les voitures de sport ? Combien croyait-il pouvoir gagner après avoir terminé ses études ? Leur entretien relevait du vidéo gag. Sans doute, en le convoquant, avait-elle voulu offrir un aimable divertissement à ses oisives comparses. Chacun de ses gestes, chacune de ses intonations semblaient étudiés. Elle posait les questions, mais n'écoutait que vaguement les réponses. L'éternel cinéma des années 50. À la fin, elle l'avait invité à dîner pour le soir suivant, en compagnie de son bienfaiteur. Incapable de se contenir plus longtemps, il avait refusé. Assez sèchement. C'est alors que le regard de sa bien décevante génitrice l'avait transpercé d'un mépris glacé :

– Trop occupé à de vaines amours, je suppose. Mais allons donc, profites-en autant que tu peux, cela ne dure jamais longtemps.

Il avait compris qu'elle le congédiait, et il était parti en lui adressant un sourire énigmatique, dont elle n'avait certainement pas mesuré la douleur. Tandis qu'il traversait le hall de l'hôtel, se dirigeant vers la sortie – l'océan, l'air marin – il s'était répété : «Je l'ai eue. Je l'ai bien eue», voulant se convaincre qu'il avait gagné la dernière manche, mais sachant que sa seule victoire résidait dans le fait de n'avoir montré aucune émotion, ni suscité aucune connivence. «Je l'ai eue, je l'ai bien eue», avait-il fredonné, comme un leitmotiv, alors qu'il foulait le remblai surplombant la plage déserte et frileuse, sans trop savoir si le sentiment qui l'envahissait était de l'amertume ou de la haine.

*

C'était peut-être ce jour-là que, pour la première fois, il avait éprouvé l'envie de tuer. Tordre le cou à cette mondaine emperlousée, lacérer ce corps altier, si bourgeoisement paré. Il avait découvert en lui une violence jusqu'alors ignorée. Il avait pris le premier train pour Paris, pressé de rompre définitivement le lien qui, à son insu, l'avait tenu captif du souvenir de sa mère, depuis que celle-ci avait quitté leur foyer.

Cela faisait un an qu'il habitait un studio, rue de l'Odéon, et cela lui avait permis d'échapper à l'affection possessive de Nanny Louise, sa grand-mère, qui l'avait toujours considéré comme un demi-dieu. D'un côté l'étouffement, de l'autre la froideur et le rejet. Il se faisait l'impression d'être une balle de ping-pong, perdue dans une trajectoire affolée, incapable de choisir un lieu où se poser. En ouvrant la porte de son minuscule appartement, il s'était senti incroyablement seul. Jusqu'à cette confrontation, sa toute récente liberté s'était nourrie d'une complicité imaginaire, qui lui avait permis de s'identifier à sa mère. Pendant près de dix ans, Nanny Louise avait pris soin de lui, et il lui en était reconnaissant. Pourtant, durant toutes ces années, il avait eu l'impression de suffoquer sous un édredon de tendresse. Piaffant, biaisant, se répétant qu'il suffirait d'attendre pour prendre enfin ses distances sans trop la peiner. Se rappelant qu'il était le fils de Béatrice-la-Rebelle, la femme de Buenos Aires, des palaces et des Rolls. C'était en s'identifiant à elle qu'il s'était construit. Qu'il s'était fabriqué un avenir. La Béatrice qu'il portait en lui justifiait son assurance insolente. Tout cela n'avait été qu'illusion, une illusion dont il fallait se défaire, comme on brûle une photographie absurdement chérie.

Il avait décidé d'aller de l'avant. Refusant toute nostalgie. Il n'accepterait jamais de s'abandonner à la tendresse de l'édredon, pas plus qu'il n'accepterait de se laisser dominer.

Il avait brillamment réussi ses études, et avait collectionné les femmes. Avec une préférence pour les froides beautés inaccessibles, se grisant de les conquérir, puis de s'éloigner sans mot dire. Il avait eu également du goût pour les jolies-gentilles, celles qui rêvent de vous arracher à vos démons, version édredon, version Anna, mais celles-là n'avaient jamais su le retenir. Toutes lui avaient fourni l'occasion de mesurer son pouvoir. Mais attention, le business avant tout. Il était toujours désolé de décevoir les gentilles, mais c'était plus fort que lui. Il haïssait la faiblesse. Les autres, les inabordables, les fières, les castratrices, les narcissiques, il aimait les dompter, mais ne les aimait pas. Elles ne lui laissaient aucun souvenir. Il avait éprouvé des regrets pour Anna. Certes, il aurait aimé la tuer quand elle lui avait dit qu'elle le quittait, mais c'était à cause de la manière dont elle s'était comportée. Ce mépris soudain dont il n'avait pas l'habitude. Il savait qu'avec elle il avait dépassé les bornes et que, finalement, cette rupture, il l'avait bien cherchée.

Il avait rencontré Fred Norman, à l'occasion d'un séminaire, et avait pris la décision de vendre l'hôtel. Ils s'étaient associés, mettant sur pied les *Future & Future*. Il avait choisi l'Amérique. Une nouvelle vie. De nouvelles conquêtes. Plus décidé que jamais à détruire, à travers les aventures passagères, le souvenir de celle qui l'avait déçu.

Si enivrantes que soient ces ruptures qu'il imposait aux femmes, quelque chose en lui restait inassouvi. Il lui aurait fallu un geste, un acte plus grandiose, plus symbolique aussi. Il ne savait trop quoi, à moins qu'il ne le sût que trop. Une action purificatrice, une façon d'exécuter, *a posteriori*, le geste manqué qui tenait son esprit prisonnier, depuis qu'en cette fin de matinée, dans un grand hôtel de la côte normande, la cruauté d'une femme futile avait placé dans sa main l'épée de toutes les vengeances.

Il était toujours passé pour un homme pondéré, maître de lui, peu émotif. Un homme qui savait se tenir. Mais, une fois au moins, il faudrait qu'il exprime cette vérité profonde, intime, qui était sa vérité. Ce cancer dont il fallait brûler les tumeurs, avant qu'il n'en soit mortellement envahi.

Il suffisait qu'une occasion, une seule, lui soit donnée. Et voici que cette occasion lui était offerte. Comme une réponse à une prière ignorée.

En affaire, il y avait toujours un moment où il fallait cesser de tergiverser au profit de l'action.

Ce moment de la fulgurance, du passage à l'acte, le grisait. Il allait passer à l'acte, une fois, une seule et unique fois, et s'en trouver libéré.

★

La lumière argentée de la lune caressait la baie, comme soumise à la fantaisie d'un aquarelliste inspiré. Il s'était assis sur le sable. Ce qu'il allait accomplir signerait son destin, quelles qu'en soient les conséquences – et il veillerait à ce qu'elles lui soient favorables. Sa décision était prise. Il lui faudrait élaborer un plan rigoureux, ne laissant rien au hasard. Il avait confiance en ses capacités. Il avait toujours été bon tacticien. La principale difficulté consistait à découvrir où habitait, exactement, Laura Morton. *Laura Morton, victime expiatoire*. Il joua un moment avec cette idée.

Les vagues brillaient au loin sur l'océan, puis venaient mourir à ses pieds. Clapotis monotone. Le ciel grêlé d'étoiles, le souffle paresseux d'un vent léger, confortaient sa détermination. Laura Morton présentait l'avantage de ne jamais avoir été vue en sa compagnie depuis qu'il vivait à New York, et leur unique rencontre datait de plus de dix ans. Elle serait probablement incapable de le reconnaître s'il se trouvait malencontreusement en sa présence, ce qu'il devrait néanmoins éviter à tout prix. Elle l'avait ressuscité à travers une histoire à dormir debout mais, il l'avait vérifié, le livre était sorti en librairie trois ans plus tôt, et si l'on comptait le temps qu'il avait fallu pour l'écrire et les délais de fabrication, cela pouvait faire près de cinq ans qu'elle s'était détournée de son sujet. Tout cela jouait en sa faveur.

Il était pratiquement impossible qu'on puisse le mettre en cause. Il fallait simplement qu'il prépare son coup en bon professionnel. Certes, l'entraînement en la matière lui faisait défaut, mais il savait manier les armes – il avait fait partie d'un club de tir quand il vivait dans le Midi – et il avait chez lui deux pistolets qu'il s'était procurés de façon plus ou moins illicite, ce qui réduisait d'autant les chances de mettre d'éventuels enquêteurs sur sa piste. Mais, avant tout, il fallait qu'il soit suffisamment habile pour obtenir de Linda l'adresse exacte de Laura Morton.

Si Linda savait qu'elle vivait en Californie et qu'elle avait été photographe, il était possible qu'elle en sache davantage. En général, elle était intarissable sur les auteurs que sa boîte publiait. Elle adorait distiller les secrets les plus intimes – problèmes avec la brigade des stups, particularités sexuelles, phobies, fantasmes, tout y passait. Elle ne pousserait sûrement pas l'indiscrétion jusqu'à lui fournir une adresse précise, n° tant, rue tant, mais peut-être un nom de ville et, qui sait, celui d'un quartier.

C'est ainsi qu'il avait appris qu'un auteur de science-fiction qu'elle avait invité le mois précédent, habitait une maison en rondins au milieu des bois, dans les environs de Salem, maison où sa dernière petite amie était pratiquement séquestrée – n'ayant le droit de se rendre en ville qu'en sa compagnie – ravie, selon Linda, de subir cette amoureuse emprise. Le gars, au cours du dîner, avait pourtant prétendu habiter Boston, mais Linda avait confié à Marette que c'était juste la parade d'un paranoïaque redoutant d'être importuné.

Il avait toujours cru qu'une attachée de presse serait plus soucieuse de protéger la *privacy* de ceux qu'elle représentait, mais il était connu que l'éthique de Linda Shutter ne reposait que sur des codes de son cru.

Le silence de la nuit, la proximité des éléments naturels aiguisaient ses perceptions. Il se sentait comme un joueur prêt à miser sa fortune, et sûr à 99 % de gagner. Il eut du mal à trouver le sommeil, trop excité par son nouveau projet. Mais déjà, paradoxalement, quelque chose en lui s'était apaisé.

*

Quand il se réveilla au petit matin, Linda et ses invités dormaient encore. Il se prépara un café, puis se rendit dans le salon-bibliothèque pour vérifier s'il y avait d'autres livres signés Laura Morton. En général, ce genre d'auteur sortait un nouveau bouquin chaque année. Les rayonnages couvraient deux murs entiers, du sol au plafond. Les livres semblaient avoir été rangés par catégories – livres d'art, romans, essais – et, selon les genres, par ordre alphabétique.

Il inspecta d'abord ceux qui étaient rangés le long du mur principal, celui qui occupait tout le fond de la pièce, sans succès. Sur les modules situés perpendiculairement, il y avait bien des romans policiers, mais rien de Laura Morton. En y regardant de plus près, il se rendit compte que la partie supérieure de ces rayonnages regroupait, pêle-mêle, tous les livres édités par la maison de Linda. Cette fois ce n'était plus l'ordre alphabétique qui prévalait, mais l'année de parution. Il finit par tomber sur le nom de Morton : il y avait quatre titres, tous d'inspiration californienne. Il n'avait pas l'intention de les lire, et un coup d'œil sur les quatrièmes de couverture ne lui apprit rien de plus que ce qu'il savait déjà : ancienne photographe, vivant en Californie. Histoire de tuer le temps, il en prit un au hasard, *Sausalito Blues*, et commença à le feuilleter. C'est alors que Linda fit son apparition.

Elle était vêtue d'une simple tunique – noire, comme il se devait – qui lui descendait aux genoux. Elle ne portait aucun maquillage et ses cheveux courts, légèrement ébouriffés, lui donnaient l'air d'une adolescente. Elle prit place à ses côtés, et cette fois il n'y avait aucune ironie dans sa voix :

– Ça t'a plu ? demanda-t-elle, intéressée. Personnellement, je la trouve à la fois perspicace et nuancée. De plus il y a un rythme, et le style est bien maîtrisé, ce qui n'est pas évident pour quelqu'un qui n'écrit pas dans sa langue maternelle.

Il acquiesça pour la forme. Un rythme, un style, il s'en foutait éperdument. Mais Linda était lancée. Madame *potins mondains* avait retrouvé son terrain de prédilection :

– Elle a vécu un certain temps du côté de San Francisco. Elle était mariée à un producteur de vin de la Napa Valley, mais son mec s'est planté en avion. On a frisé le drame. Son directeur littéraire était sur les dents. Ses bouquins commençaient à bien se vendre, et il y avait même un projet de film pour le premier, celui que je t'ai montré...

*Nom de Dieu...*

–... Souvent les auteurs restent secs quand il leur arrive un coup dur. Ça tombait mal. Il fallait absolument qu'elle sorte un nouveau livre. Indispensable pour appâter les producteurs... Pas question de leur refiler une tocarde... Mais elle a tenu le choc : elle nous a remis le manuscrit sur lequel nous comptions, exactement à la date prévue. Je lui tire mon chapeau... On a vendu les droits. Le film est en train de se tourner...

Marette resta pétrifié. Un livre, un polar, ce n'était pas tellement grave. Mais un film ! Il préférait ne même pas y penser. Il ne trouva rien à répondre. Un film ! Le genre de truc qui s'exporte. Que tout le monde peut voir. Il imaginait Anna en spectatrice, se délectant : «Tiens, voilà un tordu dans le genre de mon ex !» Bien sûr, c'était trop tard. Impossible d'arrêter le processus. Pourtant il lui restait un terrain d'action, et il n'allait pas se priver de l'exploiter.

*Parle, Linda. Vas-y. Dis-m'en plus...*

– Elle vit toujours à San Francisco ?

– Non, elle a choisi de s'installer dans une petite ville du désert californien. Yucca City. Un endroit adorable. Je ne sais pas si tu connais ?...

Il fit non de la tête, mais buvait du petit-lait. *Je te tiens, vieille salope. Je vais bientôt le connaître ton endroit adorable.*

– ... C'est une drôle de fille, qui refuse de s'exhiber... les mondanités et tout ça. Elle joue le jeu à la sortie des livres, mais après il faut lui foutre la paix. Pas de problème. C'est ce qui marche en ce moment... Comme chez ces types du Montana, avec leurs ranchs et leur retour aux valeurs sûres. Dès lors qu'elle coopère quand on a besoin d'elle, c'est finalement mieux que d'avoir toujours quelqu'un pendu au téléphone pour savoir «à quand le prochain CNN»... C'est plutôt une belle nana. Le style à crapahuter dans le désert et à conduire une Jeep, mais tout à fait sophistiquée quand il le faut... D'après ce que dit son directeur littéraire, elle a eu le coup de foudre pour Yucca City et, d'ailleurs, elle travaille plus ou moins bénévolement pour un musée du coin, un musée à la mémoire des Indiens et des vieilles pierres. Ça me ferait mourir, mais il y en a qui aiment ça !

Quand on a décidé d'agir, les choses viennent à vous naturellement. Marette jubilait. Le truc du musée, c'était super. Plus besoin d'adresse. Laura Morton, servie sur un plateau. Maintenant, il fallait faire retomber la pression. Manifester toute l'indifférence dont il était capable :

– Le polar, ce n'est pas vraiment ma *cup of tea*, mais j'ai parcouru le livre en vitesse. Il semble que ça tienne la route...

*Un peu limite quand on a encore «Sausalito Blues» sur les genoux !*

Fort heureusement, Linda Shutter n'avait pas qu'un seul invité. Un joyeux brouhaha, venu des étages, leur indiqua que le reste de la fine équipe ne tarderait pas à se ruer vers la table du petit-déjeuner. Marette suivit Linda dans la cuisine, bien content d'avoir à lui donner un coup de main.

Tandis que Peter et Jay, les propriétaires associés d'une galerie d'art de Boston se joignaient à eux, tandis que Linda criait ses ordres avec son autorité coutumière : «Dans le congel' pour le bacon... Coupez-moi donc ces *mushrooms*, mes chéris !» Marette se demandait, non sans inquiétude, ce qu'elle pouvait bien raconter en aparté sur son compte, quand elle abordait la question des *Future & Future*. Il faudrait qu'il lui demande de ne pas faire allusion au quartier où il habitait – on ne savait jamais avec tous ces allumés qui traînent un peu partout. Pour le reste, *inch'Allah !*

★

Il avait quitté Cape Cod en début d'après-midi, le dimanche. Il assurait normalement le contrôle des restaurants un week-end sur deux, ce qui ne l'empêchait pas de s'y pointer quand il rentrait suffisamment tôt, même s'il n'était pas de service. Il s'arrêterait également à Boston, le gérant de l'un des *Future & Future* du coin ayant l'intention de monter une soirée jazz. Il fallait qu'ils en discutent. Il se sentait le roi du monde. Cela faisait quelque temps déjà que Fred et lui avaient établi leur planning vacances. Il avait annoncé qu'il prendrait quinze jours à la fin du mois suivant, profitant de l'occasion pour faire un saut à Frisco, une abréviation que n'appréciaient guère les autochtones, lui avait dit Norman ; il tâcherait de s'en souvenir.

Le nouveau *Future & Future*, qui se trouvait non loin de Ghirardelli Square, devait ouvrir au mois de mai, et il avait prévu de jeter un coup d'œil sur les travaux d'aménagement, avant de s'offrir quelques jours de repos au lac Tahoe. En consultant un guide chez Linda, il avait pris le maximum de renseignements sur Yucca

City, qui se trouvait beaucoup plus au sud, ce qui faisait qu'il laisserait tomber Tahoe. Inutile d'en parler à qui que ce soit. Il n'avait pas encore fait ses réservations, et c'est ainsi que lui était venue l'idée de voyager sous le nom de Parker. Plus question de passer par sa secrétaire. Il arrangerait cela lui-même. Après tout, puisqu'il s'agissait de vacances, il n'avait de comptes à rendre à personne.

Il irait à San Francisco comme prévu, puis louerait une voiture, toujours sous le nom de Parker, et en avant pour Yucca.

Dans un premier temps, il avait envisagé de se contenter d'intimider Morton. Chantage, pressions, harcèlement, mais c'était trop risqué. Un meurtre offrait l'avantage d'être beaucoup plus expéditif. De toute façon, il n'était pas l'homme des demi-mesures. Restait à choisir l'arme du crime. Pistolet, poignard, lacet, fil électrique – l'idée du lasso lui était venue plus tard. De toute manière, ça dépendrait du contexte. Pistolet, poignard, strangulation : il avait le choix entre trois solutions.

★

## CHAPITRE 4

Carole avait téléphoné en arrivant à Yucca, et Laura qui craignait qu'elle ne se perde en cherchant la route du Galet, lui avait proposé de la retrouver au bar du *Palm City Hotel* – «pas moyen de le louper, c'est à deux pas du musée, et il y a un parking».

Le bar donnait sur la piscine. Carole était fascinée par cette immensité ocre, mouchetée de palmiers foisonnants, qui s'étendait jusqu'aux lointains reliefs du désert. Elle avait pris place sous un parasol, planté au milieu d'une table de jardin, et avait commandé un Bloody Mary. Les abords de la piscine étaient silencieux. Une jeune beauté, vêtue d'une combinaison moulante, imitation panthère, faisait les cent pas. Un homme du genre bellâtre jeta à la Française un rapide coup d'œil, avant de faire un plongeon. Elle en fut quelque peu vexée. *Rien qu'un rapide coup d'œil !* On l'avait habituée à mieux. Une femme d'âge mûr noircissait une grille de mots croisés. Laura fit son entrée. Vêtue d'un tee-shirt vert olive et d'un pantalon de toile, elle avait fière allure. La lumière donnait de l'éclat à ses cheveux roux. Resplendissante. Les deux amies tombèrent dans les bras l'une de l'autre.

– Il est plus de 14 heures, fit remarquer Laura après avoir répété à Carole qu'elle était belle et juvénile, comme toujours. Si tu as faim, on peut se faire servir une salade ou n'importe quoi de léger... Ça nous fera une vaisselle en moins !

Carole reconnut bien là son amie : jamais trop portée sur les contraintes ménagères. Elles commandèrent une salade de crevettes à l'avocat et une demi-bouteille de chardonnay.

– Je croyais voir toutes sortes d'Indiens, des tipis et tout le bastringue, ironisa Carole.

– Sors de ton rêve, ma belle. Ici les Indiens vivent calfeutrés dans leurs bureaux climatisés. Ce sont les maîtres de Yucca. Avec un peu de chance, tu en apercevras un spécimen, présumé authentique, à la boutique de l'hôtel. Juste pour le folklore !

– Autrement dit, plus de nobles causes à défendre !

– En tout cas, pas ici. Et la fille que tu vois en face de toi ne défend plus aucune cause. Je vis, je respire, j'écris. Autant dire que pour ce qui est de la défense de la veuve et de l'orphelin, j'ai passé la main.

– Ouais !... Ce qui n'empêche pas qu'à travers un roman policier..... Dans le dernier bouquin que tu m'as envoyé, j'ai retrouvé bon nombre de tes proclamations : culte de l'intégrité, critique du pouvoir de l'argent à tout va, sans oublier le credo humanitaire mis en pièces, avec ce type qui revient de Bosnie après y avoir largué une tonne de médicaments périmés ! En fait, tu n'as toujours pas décroché...

– Plus question de m'immoler sur l'autel des sacrifices, mais on ne peut tout de même pas rester les bras croisés. J'ai tout simplement opté pour un mode d'expression détourné. Reste qu'il ne faut pas se faire d'illusions, quel que soit ce qu'on dit ou écrit, ce n'est jamais qu'une goutte d'eau dans l'océan. De toute manière, je ne veux plus jouer les Jeanne d'Arc. Je me fais plaisir avant tout...

Carole se pencha vers son amie :

– Tu as un ticket avec le beau brun !... Il écarquillait les yeux comme si tu étais Miss Univers !... Trop tard, il s'en va.

Le beau brun, les reins serrés dans un drap de bain, venait de disparaître derrière un buisson de bougainvilliers. Laura ne lui accorda pas un regard.

– Tu vas me suivre avec ta voiture. Dans moins d'un quart d'heure, nous serons à la maison. Une bonne douche, une bonne sieste, ensuite il sera temps de nous faire un programme... Tu verras, c'est sublime ! Un lieu de parfait bonheur !

★

Carole trouva effectivement la maison sublime. Isolée, certes, mais on s'y sentait en sûreté comme nulle part ailleurs. Peut-être était-ce différent à la nuit tombée, peut-être cela venait-il de ces vastes étendues que l'on pouvait contrôler d'un seul coup d'œil, toujours est-il qu'elle était enthousiaste. De la nature à l'état pur !

Laura lui fit faire le tour du propriétaire :

– Ta chambre donne sur les montagnes. Certaines culminent à 2 500 mètres, mais celles que tu distingues en premier plan ne dépassent pas les 1000 mètres. L'accès y est réglementé. Protection de la nature oblige... Pour le non-initié ce ne sont que des cailloux, mais tu y trouves une variété de plantes incroyable. En mars, des plateaux entiers sont couverts de petites fleurs mauves, et tu seras étonnée de découvrir le nombre de bestioles qu'on y rencontre, sans parler des écureuils, des coyotes, des pumas... Quand on tombe amoureux du désert, c'est pour la vie.

Carole était tombée récemment amoureuse d'un Italien aux yeux bleus : *des yeux bleus, la peau mate, tu te rends compte un peu !* mais le «pour la vie» ne semblait pas à l'ordre du jour. Elle y alla de son habituelle complainte :

– Je sais que je suis une foutue romantique, mais ça arrive tout de même de temps en temps que les gens aient envie de s'engager !

– C'est seulement que tu choisis régulièrement des gars qui ont la maladie de la bougeotte ou des tonnes de problèmes...

– ... Et que les sérieux, les fidèles, les raisonnables sont tellement ennuyeux !...

Carole secoua la tête, vaincue d'avance : elles avaient déjà eu ce genre de conversation une centaine de fois.

– Oublions ces bêtises ! Je ne suis pas venue ici pour me lamenter sur ma vie amoureuse à éclipses, et je ne t'ai même pas demandé comment tu te sentais depuis... l'accident...

Laura eut un geste qui semblait vouloir éluder la question :

– Du chagrin, bien sûr. L'impression que le monde vous tombe sur la tête... Mais c'était une histoire difficile... Et quand on se donne trop de mal pour que ça marche, c'est qu'on a commis plus ou moins une erreur. Il y avait de l'amour, une volonté d'amour, mais le prix à payer en était excessif...

– Autrement dit, trop d'efforts tuent l'amour ?

– On peut le dire comme ça en version simplifiée. John restera toujours celui que j'ai voulu aimer, et c'est déjà beaucoup. Mais quand je regarde en arrière, que d'énergie perdue ! Rien ne justifie de se compliquer la vie à ce point !

– J'espère ne pas t'ennuyer en parlant de tout ça, s'excusa Carole, quelque peu embarrassée.

– Ne te fais pas de souci, ce n'est pas mauvais de pouvoir dire les choses comme elles sont de temps en temps. Je ne peux pas toujours être aussi franche. Une veuve est trop souvent tenue de porter le deuil à perpétuité. Elle doit montrer sa douleur, mais pas trop ! Et pas question de dénigrer le cher disparu... Nous venions à Yucca trois ou quatre fois par an, et nous n'y connaissions pas grand monde, mais il ne se passe pas une semaine sans qu'on me parle de lui !

Carole n'avait jamais rencontré John, mais Laura lui avait envoyé des photos : Laura et John au milieu des vignes, Laura et John à bord d'un voilier dans la baie de San Francisco. Un homme athlétique, sûr de lui, peut-être un peu hautain, mais qui avait dû, très certainement, impressionner ceux qui le côtoyaient.

– Les choses ont commencé à se corser quand j'ai signé mon premier contrat. Je croyais qu'il allait s'en réjouir, mais pas du tout. Il est devenu odieux. Il était habitué aux honneurs, à ce qu'on parle de lui. Dans la Napa Valley, et même au-delà, il était devenu une star. Non seulement dans le domaine de la viticulture, mais on l'avait vu également dans un film qui avait eu un certain succès. Il y pilotait son avion personnel, *Bird of Islands*, dont il était si fier. Et, tout à coup, c'était moi qui tenais la vedette, bien modestement pourtant, mais ça lui était insupportable... Quand j'ai entamé mon deuxième livre, *Sausalito Blues*, il a tout fait pour me décourager : j'allais lui causer du tort, perpétrer un meurtre dans une localité qui se situait près de San Francisco relevait de l'offense. Tous les arguments y passaient. J'étais paralysée. Incapable d'écrire une ligne pendant plusieurs mois. Ensuite, je n'ai pas cessé de me censurer : pas question que le meurtrier prenne un verre dans un bar connu, pas question de ceci ou de cela. Je devenais folle. J'essayais de me convaincre qu'il serait plus judicieux de tout laisser tomber. Pourquoi ne pas me contenter de seconder mon mari ? Pourquoi ne pas me satisfaire de ce que j'avais ? Pourquoi. Pourquoi... Et puis j'ai décidé de foncer, quel que soit le prix à payer. Adieu les scrupules. Adieu les sombres mises en garde... Le livre a bien marché. On le voyait dans toutes les librairies de San Francisco. J'ai fait des signatures, même à Sausalito, et personne ne s'est plaint. Sauf John, qui a continué à maugréer pendant un bon bout de temps, jusqu'à ce que je prenne mes cliques et mes claques... et ensuite tout s'est arrangé ! Bien mieux que je n'aurais pu l'imaginer dans mes rêves les plus fous.

Cela tenait du miracle. J'ai vécu pendant plus de six mois aux côtés d'un homme attentif, prévenant, plein d'humour, devenu mon meilleur supporter. Et puis il y a eu ce maudit accident, ce qui fait que j'ignorerai toujours ce que valait vraiment ce nouveau départ. Etait-ce une embellie ? Etait-ce définitif ? En tout cas, nous avons été heureux. J'avais choisi d'oublier les mauvais moments, mais je crois qu'à présent je suis plus détendue. Quand une période difficile a duré trop longtemps, on se demande toujours si les vieux démons ne se tiennent pas embusqués, prêts à vous sauter à la gorge à la moindre occasion. On a du mal à se laisser aller...

– Pauvre John, compatit Carole, emportée par son habituel besoin de croire aux heureux dénouements.

– Je ne pense pas qu'il soit à plaindre. Il a eu l'occasion de donner le meilleur de lui-même, sans pour autant se renier. Les risques qu'il a voulu prendre étaient à son image. Dans la mesure où il lui est possible, là où il se trouve, de dresser un bilan de sa vie, je suis sûre qu'il est content de lui !

Carole ne put s'empêcher de sourire. C'était bien la Laura qu'elle avait toujours connue. Un mélange d'honnêteté et de cynisme, cette façon qu'elle avait de tourner systématiquement le malheur en dérision. Une forme de pudeur.

– Revois-tu toujours l'associé de John ?

– Nos rapports sont assez mitigés, mais nous nous croisons de temps en temps. D'ailleurs, nous sommes invitées à dîner chez lui demain soir. Comme tu le sais, je travaille avec son fils Bob qui, lui, est un amour. Même si je ne suis jamais parfaitement à l'aise avec Dennis, ça devrait être une soirée réussie : Bob a des amis adorables... Maintenant, je vais te soumettre un programme. À partir de lundi, je serai prise tous les matins, mais je t'ai préparé une liste de chouettes endroits que tu pourras visiter pendant que je serai au musée, ce qui ne nous empêchera pas de faire un certain nombre de choses ensemble. J'aimerais, entre autres, te faire connaître la petite ville de Laughlin. Je vais sortir des cartes pour que tu t'y retrouves.

★

À son retour de Sandy Bird, il était rentré à l'hôtel et s'était mis en tenue de bain, avec l'intention de passer un moment au bord de la piscine. Il n'y avait pas grand monde en ce début d'après-midi, à se demander comment les gens occupaient leurs journées. Le golf, les excursions, les thermes et les casinos ne suffisaient pas à expliquer ce vide. Les rues grouillaient en fin de journée, mais de midi à dix-huit heures tout semblait désert. À croire que les touristes se volatilisaient. Ils ne restaient tout de même pas dans leurs chambres !

Quand il avait piqué une tête dans la piscine, il n'y avait pas plus de trois personnes aux alentours. Une grande sauterelle anorexique, accrochée à son portable, une vieille ratatinée, plongée dans ses mots croisés, et une mignonne aux longs cheveux bruns, un peu pâlotte, ce qui signifiait, probablement, qu'elle venait de débarquer, et qui sirotait un cocktail, l'air extatique. Il avait fait quelques longueurs pour se clarifier les idées et, alors qu'il ressortait, s'était trouvé face à Laura Morton, assise en compagnie de la brunette. Bon sang, il avait failli en avoir une attaque. Il avait ramassé prestement son drap de bain, et avait filé aussi vite que possible. Si Morton était en ville, mieux valait qu'il reste dans sa chambre. Il utilisa le papier à lettres de l'hôtel pour y jeter quelques idées. *Se trouver à S. B. avant 9 heures. Pistolet. Poste d'observ. : deux rues plus haut. Attendre départ Mex.* Il se rendit compte que son plan présentait des lacunes. Il avait misé sur le fait que Frida travaillait le matin, mais était-ce bien sûr ? D'autre part se posait la question du véhicule. Manifestement les deux filles ne disposaient que d'une seule voiture, mais si la Mexicaine utilisait la Ford pour se rendre au travail, comment l'autre pourrait-elle prendre la relève, sans moyen de locomotion ? Peut-être accompagnerait-elle sa copine afin de garder la voiture, jusqu'à ce qu'elle se rende à son tour au centre thermal. Dans ce cas, Frida repartirait à bord de la Ford, et serait dans l'obligation de revenir la chercher en fin de journée. Tout cela était bien compliqué, mais c'était aussi la solution la plus réaliste. Pourtant il y avait d'autres possibilités. Peut-être un système de ramassage entre voisins fauchés, se rendant en ville à la même heure ? Ou un deuxième véhicule dont elles disposaient, qu'il n'aurait pas remarqué ?

Si les deux filles quittaient ensemble la maison, son plan tombait à l'eau. La Belge ne reviendrait peut-être pas à Sandy Bird directement, et il n'allait pas rester à l'attendre indéfiniment. En fait, il n'était pas sûr de pouvoir agir dès le lendemain. Peut-être lui faudrait-il deux ou trois jours d'observation avant de pouvoir la coincer. Cela faisait quatre jours qu'il était à Yucca City, et si l'on comptait les deux jours qu'il avait passés à San Francisco, cela ne lui laissait plus qu'une semaine avant son retour à New York. Son temps était compté mais, de toute manière, il n'avait pas le choix. Il fallait qu'il soit sur place le lendemain dès 8 heures, en espérant ne pas attirer l'attention. Il fallait qu'il conserve un état mental tenant compte d'un passage à l'acte immédiat. Et tant pis s'il fallait qu'il s'y prenne à deux fois.

Il commençait à réaliser qu'il se compliquait inutilement la vie en voulant inclure la Belge dans l'opération. Elle n'avait, en fait, aucune importance à ses yeux. Mais à partir du moment où il avait envisagé de lui faire la peau, elle était devenue un élément incontournable auquel il ne pouvait plus renoncer. La Belge, et ensuite Morton : son cerveau avait besoin de cette connection-là. Se priver de l'«étape belge» lui ferait manquer quelque chose d'important.

À l'occasion d'une de leurs nombreuses disputes, Anna l'avait traité de «psychorigide». Ça l'avait fait rire. Lui, psychorigide, alors qu'il passait sans arrêt d'une idée à l'autre, d'un projet à l'autre, d'une femme à l'autre ! Mais peut-être avait-elle raison. Depuis qu'il s'était mis en tête de descendre la gamine, il lui était impossible de changer d'avis. Aussi absurde que cela puisse paraître, la raison n'avait plus rien à voir avec le schéma qu'il était en train d'élaborer. Il marchait désormais au feeling, et son feeling disait : la Belge, puis Morton. Pas question de revenir là-dessus.

Bien que la chambre fût de bonne dimension, il commençait à se sentir comme un lion en cage. Il aurait pu prendre sa voiture et se mettre en quête d'un bar dans les environs, histoire de tuer le temps en attendant l'heure du dîner. Mais il était beaucoup trop tôt.

Passer deux ou trois heures dans un bar serait tout aussi pénible que de rester dans sa chambre. Il aurait pu faire un tour en ville, mais craignait de tomber sur celle qui justifiait sa présence à Yucca City. De toute manière, il n'était pas d'humeur à faire du lèche-vitrines ! Il décida de retourner à Sandy Bird, cela lui permettrait de repérer le meilleur endroit où se planquer pour surveiller la maison des deux filles.

En arrivant dans le hall de l'hôtel, il jeta un coup d'œil à travers la porte vitrée qui donnait sur les jardins : il n'y avait plus personne autour de la piscine. Plus trace de Laura Morton, plus trace de la fille brune. N'empêche que leur présence l'avait amené à se poser des questions. Laura Morton avait-elle l'habitude de prendre ses repas ou de donner ses rendez-vous au *Palm City Hotel* ? Y avait-elle rencontré une amie de passage ou une relation d'affaires, ou tout simplement quelqu'un de familier qui habitait Yucca ou Los Angeles ? Il essaya de se débarrasser de cette idée. L'hôtel étant en plein centre, beaucoup de gens de la ville devaient faire comme elle. Il n'allait pas se préoccuper de toutes les personnes qui pouvaient entrer en relation avec Laura Morton. Que la fille brune fût touriste ou résidante, cela avait finalement peu d'importance, sauf si sa présence à l'hôtel risquait d'y attirer Morton trois fois par jour. En revanche, que la fille n'ait pas le teint hâlé, ne le mettait sur aucune piste. Peut-être passait-elle toutes ses journées dans un bureau ou dans une boutique. Il se rappela qu'elle portait un tailleur-pantalon assez chic, ce qui n'était pas particulièrement la tenue d'une personne en vacances, mais ce détail vestimentaire ne faisait qu'ouvrir le champ de ses activités présumées, plutôt que d'apporter une réponse.

*

La circulation était fluide. En moins de vingt minutes, il se retrouva à proximité de la baraque en bois qu'il avait surveillée quelques heures plus tôt. Il ne prit pas le risque de s'en approcher, et se gara un peu plus haut, veillant à ce que la Jeep soit dissimulée par une haie de lauriers-roses qui bordait un terrain, au milieu duquel se trouvait un mobile home en apparence inhabité. La plupart des maisons étaient hermétiquement closes par des volets en bois, ce qui laissait supposer que personne ne les occupait pour le moment. Les jardins étaient en friche, envahis de ronces desséchées, presque grises. Des jardins qui n'avaient pas été arrosés depuis longtemps.

De l'autre côté du chemin où il s'était garé, un peu en contrebas, une musique qui très certainement provenait d'un poste de radio mis en sourdine, le rappela à la prudence. Paradoxalement, cette musique soulignait la tristesse du lieu. Accentuant son état d'abandon. Aucun signe d'activité du côté de la maison des filles. Il se trouvait dans une espèce de bout du monde lamentable, et l'idée qu'en cet endroit dépeuplé quelqu'un puisse tromper tant bien que mal son ennui en écoutant la radio lui fila le bourdon.

Au loin, très loin, et pourtant à une dizaine de kilomètres seulement, Yucca City déployait paresseusement ses palmiers d'un vert cru et ses bougainvilliers écarlates, comme un luxe provocant.

Le bruit d'un moteur, accompagné d'un grincement d'amortisseurs mal en point, le mit sur le qui-vive. Il eut juste le temps de distinguer le dessus d'un capot blanc qui émergeait de derrière les buissons. La Ford se rangea devant la maisonnette aux macramés, tandis qu'en sortait Frida, la Mexicaine, chargée de paquets. La Belge, vêtue d'un tee-shirt qui lui arrivait aux genoux, avec un Mickey sur la poitrine, ouvrit la porte et prit les sacs à provisions que lui tendait son amie. L'opération dura moins d'une minute, et se déroula en silence. Les deux filles, qu'il avait connues plus disertes, n'avaient pas échangé un mot, pas même un regard. Comme si, privées de témoins, ne leur restaient que les gestes d'une triste routine, qui ne nécessitait pas de se mettre en frais.

Il songea qu'elles devaient gagner une misère. De quoi payer tout juste le loyer et la nourriture. Une sortie de temps à autre, et encore ! Que leur restait-il une fois leur travail au centre thermal terminé ? La possibilité de se cloîtrer chez elles et de regarder la télévision, de feuilleter un de ces magazines où se distille le rêve, de se rouler un joint ?

Si elles prenaient de la drogue, ça ne devait pas aller bien loin. À moins qu'elles n'aient eu l'idée d'arrondir leurs fins de mois en refilant de la coke aux habitués du centre. Ça s'était déjà vu. L'an passé, il avait dû virer un serveur qui écoulait du crack.

Il attendit un petit moment, craignant que l'une ou l'autre ne ressorte. Il fut bien inspiré. Cinq minutes plus tard, celle qui s'appelait Christina contournait la maison, un casque de moto sous le bras. Elle avait juste enfilé un jean sur lequel tombait son tee-shirt défraîchi, et portait des tennis. Le temps qu'il baisse sa vitre pour y mieux voir, elle faisait démarrer une Suzuki 250, rutilante. Il en fut estomaqué. La fille amorça la descente sans se soucier de la vitesse, et disparut en un rien de temps.

Seul le ronronnement du moteur, qui diminuait au fur et à mesure que l'engin quittait les hauteurs, lui indiquait qu'elle ne tarderait pas à atteindre le *freeway* qui coupait la vallée.

Il mit sa voiture en marche, se demandant s'il n'avait pas sous-estimé le tempérament de la gamine.

★

En quittant Sandy Bird, il décida de remonter le *freeway*, en tournant le dos à Yucca City. Il y avait, à une trentaine de kilomètres plus au sud, un gigantesque complexe hôtelier avec lac artificiel, tennis et terrain de golf. On y trouvait également de nombreux restaurants et autant de bars ou de cafétérias qu'on voulait. Une galerie marchande regroupait une vingtaine de boutiques de luxe, au nombre desquelles une cave à cigares où il entra.

Il était inutile de chercher un bar où il serait possible de fumer, mais il acheta tout de même une boîte de Davidoff n°1 : il y avait des zones de repos aménagées au bord du lac où il serait tranquille. Un banc en teck n'offrait pas le même confort qu'un fauteuil en cuir, mais il faudrait s'en contenter.

Depuis qu'il savait que les filles disposaient de deux véhicules, l'exécution de son plan s'en trouvait facilitée. Et le fait qu'aucune maison proche de la leur ne soit habitée le confortait dans sa décision. Le pistolet était muni d'un silencieux, ce qui avait été particulièrement difficile à obtenir, mais, avec un bon paquet de dollars, on arrive à tout.

Le soleil avait disparu derrière les montagnes, mais, ici, le crépuscule durait une éternité. Les heures semblaient s'étirer avec une indolence insupportable. Il calcula qu'il lui restait près de seize heures avant d'en avoir fini. Il se sentait comme un supplicié soumis au sadisme d'une horloge tyrannique. Même si cela n'avait jamais été aussi pénible, il se souvenait avoir éprouvé une impression semblable quand, jadis, Anna voulait lui imposer une soirée en tête-à-tête. Après avoir été toute la journée en contact avec les clients, le personnel ou les fournisseurs, il avait le sentiment de plonger dans une atmosphère cotonneuse, un alanguissement qui le privait de tous ses réflexes. Elle n'avait jamais compris à quel point ces moments d'intimité, où le temps semblait suspendu, le rendait malheureux. Un état de vertige angoissant.

Après H.E.C., il avait travaillé dans les services d'un grand hôtel parisien – gestion, marketing – une formation de qualité. Et puis, il y avait eu le coup de pouce du destin. L'annonce du décès de sa mère. En revenant d'un week-end chez des amis, et alors qu'elle roulait trop vite, passablement éméchée, elle avait loupé un virage, et la voiture qu'elle conduisait était tombée dans les marais. C'était l'explication qu'avait donnée par lettre l'un des avocats de son mari. La surprise était qu'elle avait souscrit une assurance-vie au nom de son fils, et il avait touché le pactole. Pendant quelques jours, il avait été partagé entre le sentiment pénible de lui devoir quelque chose – tout au moins de devoir quelque chose à sa mémoire – et la satisfaction de pouvoir enfin réaliser ce qu'il avait toujours souhaité : posséder sa propre affaire. Ses scrupules ne l'avaient pas tracassé bien longtemps. C'est ainsi qu'il avait pu acquérir une splendide propriété dans l'arrière-pays niçois, qu'il avait transformée en hôtel, après de longs et coûteux travaux.

C'était également à cette époque qu'il avait rencontré Anna. Elle travaillait avec sa mère, qui possédait un magasin d'antiquités près de Cannes. Anna était jolie, chaleureuse, mais c'était surtout le genre de fille prête à se dévouer corps et âme à l'homme dont elle tomberait amoureuse. Il avait été sensible à ce trait de caractère. Ça le changeait de ces évaporées, folles de leur corps, qu'il avait fréquentées pendant des années. Il avait besoin d'une femme qui soit à ses côtés, prête à partager, autant que possible, les difficultés que ne manquerait pas de générer sa nouvelle activité. Par ailleurs, il savait qu'il pourrait tirer parti du fait que les clients de sa mère avaient de la fortune.

Pendant plusieurs années, Anna avait été à son entière dévotion, et sa mère, comme beaucoup de veuves, ne jurait que par son gendre. Anna s'était montrée une collaboratrice efficace, une épouse affectueuse, mais les nombreuses aventures qu'il menait, de moins en moins discrètement, étaient venues à bout de sa patience.

C'était vrai qu'il avait tout fait pour la mettre à l'épreuve, prenant plaisir à multiplier les provocations, comme s'il avait voulu vérifier jusqu'où il était possible d'aller, s'amusant à brouiller les pistes. Certaines de ses conquêtes étaient venues narguer Anna jusqu'à l'hôtel, où lui-même n'avait pas hésité à en inviter une ou deux. Il n'arrivait plus à comprendre ce qui l'avait poussé à se comporter de la sorte. Mais le jour où Anna avait jugé qu'elle n'était plus disposée à se soumettre, la rupture avait été définitive.

Il regrettait le mal qu'il lui avait fait. Jamais aucune femme n'avait essayé à ce point de se mettre à sa place, de l'arracher à son besoin obsessionnel de détruire. Jamais aucune femme n'avait autant pardonné. Mais quand elle l'avait finalement rejeté, sa décision avait été sans appel.

Il rêvait d'une vie future où les femmes ne seraient plus qu'un élément du décor, n'exigeant de lui aucune implication affective. Des femmes virtuelles, en quelque sorte.

Il jeta ce qui restait de son cigare dans le lac, attentif au léger grésillement provoqué par le contact de l'extrémité incandescente avec la surface de l'eau, éclairée par la lumière des flambeaux délimitant les jardins qui s'étiraient à perte de vue.

Il regagna les bâtiments de l'hôtel. Décida de dîner dans l'un des restaurants, un *steakhouse*.

Tout autour de la salle, des boxes luxueusement aménagés – banquettes de cuir sombre, solides tables de bois vernis – garantissaient l'intimité des consommateurs. Au centre, une structure en granit supportait des jarres de bronze, d'où émergeaient de géants bouquets multicolores. Des enceintes, dissimulées derrière d'imposants piliers, diffusaient de la musique classique.

À quelques boxes de là Carole, assise face à son amie qui tournait le dos à l'entrée, se dit que décidément le monde était bien petit, puisque l'homme qu'elle avait aperçu quelques heures plus tôt, au bord de la piscine du *Palm City Hotel*, se retrouvait, comme par hasard, à deux tables de la leur.

Laura, renonçant au repas qu'elle avait envisagé de préparer, avait voulu lui montrer le plus surprenant ensemble touristique du désert californien, le *Scenic Resort Hotel*, et après avoir fait une promenade en barque sur le lac, dans un décor «son et lumière» qui n'avait rien à envier aux shows les plus extravagants de Las Vegas, elles s'étaient dirigées vers l'un des restaurants les plus prisés de la région.

★

Laura était quelqu'un d'organisé. Elle avait envisagé plusieurs manières d'occuper le week-end, mis à part l'invitation chez les Catherwood. Carole était partante pour une journée du samedi consacrée au shopping à Yucca City, mais aussi dans les nombreux centres commerciaux des environs. Le dimanche, elles iraient visiter un parc national, et quand Laura reprendrait son travail, peut-être partirait-elle à la découverte des canyons, à moins qu'elle ne passe la matinée dans un centre thermal recommandé par son amie.

En réalité, ce dont elle avait le plus envie, c'était de pouvoir lézarder aux abords d'une piscine, et pourquoi pas dans cet hôtel où elles s'étaient données rendez-vous le matin même – personne ne songerait à lui demander si elle y avait une chambre, dans la mesure où elle prendrait soin de se faire servir une boisson ou un *snack*. Ce n'était pas qu'elle se désintéressât des canyons ou des villages indiens mais, ce à quoi elle tenait par-dessus tout, c'était de revenir à Paris avec un bronzage qui épaterait ses collègues.

Le beau brun avait pris place dans un renfoncement, sur la rangée de gauche, et le moins qu'on puisse dire, c'était qu'il semblait plutôt nerveux. Cela faisait deux ou trois fois qu'il consultait la carte, l'ouvrant, la refermant, cherchant des yeux le maître d'hôtel, puis se ravisant, tout en tripotant ses couverts. Finalement, il passa commande et, sans doute parce qu'il l'avait exigé, on lui apporta immédiatement une bouteille de vin. Le sommelier lui présenta la bouteille. Il hocha la tête avec impatience, faisant signe qu'on le serve, sans même y avoir jcté un regard.

Sa coupe de cheveux était impeccable, et il portait un pull en cachemire gris ardoise des plus élégants. Il avait de belles mains, puissantes et osseuses, pas une once de graisse, et son regard était celui d'un homme habitué à être obéi. Le tracé de la bouche était ferme, mais on devinait qu'il ne devait pas sourire facilemcnt. Il se dégageait de lui une force animale, qui ne manquait pas de séduction. Un homme à femmes, se dit Carole, légèrement émoustillée par son deuxième gin tonic. Attention ma fille, danger !

C'était le genre d'hommes qui habituellement lui faisait de l'effet, le genre prédateur qui vous manipule à plaisir, avant de vous laisser sur le carreau, sans que vous ne l'ayez vu venir. N'empêche qu'elle lui trouvait du charme.

Le couvert, devant lui, avait été retiré, ce qui indiquait qu'il n'attendait personne. Contrairement à beaucoup d'hommes seuls qui se retrouvent dans un restaurant, il ne semblait pas se soucier des femmes qui se tenaient alentour. Un serveur lui apporta une pièce de bœuf d'au moins quatre centimètres d'épaisseur, accompagnée de pommes de terre à la crème.

Carole ne jugea pas utile d'attirer l'attention de son amie, craignant quelque remarque ironique, craignant surtout de passer pour ce qu'elle était : une fille qui avait besoin de se rassurer à coup d'aventures sans lendemain. De toute manière, pour ce qui était du beau brun, c'était son affaire, elle saurait où le trouver.

Laura continuait à énumérer les endroits qui valaient le détour, puis parla de Dennis Catherwood. Carole fut surprise de constater à quel point son amie semblait préoccupée par l'attitude de l'ancien associé de son mari. Bien que Laura ne se fût pas appesantie, elle voyait bien qu'elle était inquiète. Elle était d'habitude beaucoup plus désinvolte. Carole n'osait pas le lui dire, mais, à son avis, le vrai problème de Catherwood était qu'il avait dû en pincer un tant soit peu pour la femme de son copain, et ses manières abruptes n'étaient que la réaction d'un amoureux transi qui, sous des dehors caustiques, essayait de cacher son dépit. Mais ce n'était pas le langage qu'elle pouvait tenir à Laura : celle-ci aurait évacué prestement la question, en disant que Dennis n'avait rien d'un romantique.

Laura était sa meilleure amie, mais ce n'était pas la première fois qu'elle éprouvait un soupçon d'animosité à son égard. Elle avait toujours admiré cette façon qu'elle avait de poser les frontières entre le bien et le mal, entre ce qui était acceptable et ce qui ne l'était pas. Autrement dit, elle avait admiré sa lucidité. Mais il y avait quelque chose d'implacable dans cette façon de se vouloir objective. Il était facile de la suivre dans son besoin de condamner la violence, toutes les violences, mais l'intransigeance de Laura ne se limitait pas à la couverture des événements, elle s'appliquait tout aussi bien à ce qui relevait de la vie privée.

Carole l'approuvait quand elle disait qu'aucune cause ne justifiait qu'on puisse faire souffrir des innocents. À ses yeux, ceux qui tuaient au nom de la liberté ne valaient guère mieux que leurs bourreaux. «Ils ne s'en prennent jamais aux véritables oppresseurs. Pour eux, tout est symbole, symbole de l'autorité contestée, mais en attendant ils tucnt des gosses, de braves gens, au nom de principes qui ne sont que des prétextes. Quand on y regarde de plus près, il n'y a derrière toutes ces vertueuses proclamations de foi rien d'autre que des ambitions personnelles !»

Laura avait pris son travail très à cœur. Elle pouvait revenir, ravagée, d'un reportage dans un camp de réfugiés. «Tous ces hommes, toutes ces femmes, désespérés, détruits. Et leurs gosses affamés, le ventre gonflé de malnutrition, les yeux dilatés de tristesse, tandis que les vivres pourrissent dans les ports, à moins qu'ils ne soient détournés par des profiteurs qui se moquent bien que leur pays soit à feu et à sang. Pourquoi autant de haine, autant de combats inutiles, si ce n'est au nom d'un stupide orgueil ! Pourquoi réclamer plus de justice, si ce n'est pour causer toujours plus de malheur !»

Quand Laura exhibait des photos de charniers, quand elle expliquait comment les victimes d'hier devenaient, le temps d'une victoire, les bourreaux du lendemain, il était difficile de lui opposer des arguments contradictoires.

Mais la fureur de Laura ne se limitait pas aux règlements de comptes politiques. «Quand tu vois les horreurs qui se perpétuent de par le monde, comment peux-tu attacher de l'importance à des histoires de cœur qui te font souffrir ! Personne n'a de temps à perdre avec ces machins-là. Ou une relation est agréable, ou elle ne l'est pas. Il n'y a pas à se demander ce qu'elle pourrait devenir au prix d'efforts en tout genre. La vie amoureuse, c'est du superflu. Si un homme adulte n'a pas surmonté ses angoisses, s'il a besoin de te gâcher la vie pour régler ses problèmes existentiels, tu passes au suivant. Chacun a la possibilité de s'éduquer sans faire souffrir autrui. Aucune relation humaine ne justifie de perdre inutilement son énergie.» Etc, etc. Ne pas être dépendante était le leitmotiv de Laura. Et Carole, à l'écouter, s'était souvent trouvée humiliée. Cette quête de l'amour fou qui était sa préoccupation première, faisait d'elle une victime consentante, c'était du moins ce qu'affirmait Laura. Carole lui répliquait que c'était facile de tirer un trait sur une relation décevante quand on exerçait un métier valorisant, mais tout le monde n'avait pas cette chance. Vivre une histoire d'amour, c'était aussi une façon d'exister.

Enfin, tout cela correspondait à la Laura d'avant. Celle d'aujourd'hui avait fini par abandonner son métier, et en se mariant avec John – un mariage qui semblait avoir été problématique – il avait bien fallu qu'elle accepte un certain nombre de compromis.

Certes, elle avait recouvré sa liberté, mais pas de son plein gré !

Carole aimait et admirait Laura, tout en sachant qu'elle ne pourrait jamais lui ressembler. Un peu plus tôt, quand elles avaient fait une promenade en barque sur le lac, il y avait avec elles une femme qui n'avait cessé de s'en prendre à son fils, un gamin de cinq ou six ans. «À quoi bon faire des enfants, si c'est pour leur crier dessus à longueur de journée !» avait soupiré Laura. «Tant que les femmes seront persuadées que leur vie n'a de sens qu'en fondant une famille, on n'avancera pas d'un pouce !» Carole avait acquiescé, parce que la femme s'était vraiment montrée exaspérante, mais le jugement de son amie l'avait blessée. Laura ne pouvait ignorer que son plus cher désir avait toujours été de fonder une famille. Même si cela pouvait paraître désuet, même si elle s'était toujours arrangée pour tomber sur des hommes qui refusaient de s'engager. L'idée de devoir se contenter *ad vitam aeternam* de son travail d'assistante, l'idée de devoir rentrer jusqu'à la fin de ses jours dans un appartement vide, la glaçait d'effroi.

Comme si leurs pensées avaient suivi des chemins parallèles, Laura lui effleura gentiment la main, lui adressant un sourire désarmant :

– Et si Catherwood devenait dingue toqué de toi ? Après tout, tu représentes tout ce qu'un homme dans son genre peut souhaiter de mieux : ton côté femme fatale, assorti d'un subtil mélange de fermeté et de douceur. Quelqu'un qui peut vous valoriser à l'occasion d'un repas d'affaires, mais qui aime aussi la tranquillité du foyer... Si j'étais un homme, je crois que j'aimerais t'épouser.

De tels propos avaient pour Carole la saveur d'un gâteau de miel, mais elle se demanda pourtant si son amie n'était pas gentiment en train de lui signifier qu'elle l'avait rangée, définitivement, dans la catégorie des irrécupérables !

★

## CHAPITRE 5

Laura et Carole étaient en train de visionner un documentaire sur les débuts de Yucca City, quand Bob se manifesta. Il était désolé d'appeler si tôt un samedi matin, mais c'était à cause de ce producteur de Los Angeles qui avait l'intention de céder au musée une collection de photos du siècle dernier, ainsi que certaines poteries et certains bijoux d'origine indienne.

Laura et Bob avaient déjà eu un entretien avec lui, au cours duquel il leur avait montré de très intéressants documents. Il avait été convenu que lorsqu'il reviendrait dans la région, quelqu'un du musée se rendrait chez lui pour procéder à un premier inventaire. Le type venait de téléphoner et proposait d'envoyer son secrétaire au musée, afin de guider jusqu'à sa propriété la personne qui serait disponible.

Malheureusement, Bob qui devait aller chercher son père à l'aéroport, se trouvait coincé. Laura pourrait-elle avoir la gentillesse de se dévouer ? Quand Bob avait un service à demander, il savait y mettre les formes.

Après avoir consulté Carole qui lui répondit qu'elle n'avait pas à se tracasser, qu'elle ferait un tour en ville et qu'il suffisait qu'elles se donnent rendez-vous quelque part en fin de matinée, Laura déclara qu'elle serait au musée dans moins d'un quart d'heure.

Le secrétaire était un homme de petite taille, râblé, aux cheveux luisants de brillantine. Il demanda à Laura si elle préférait monter avec lui ou le suivre à bord de son propre véhicule. Elle opta pour la deuxième solution. Il était d'une politesse obséquieuse, le genre entremetteur chargé des basses besognes, mais, en l'occurrence, la besogne n'aurait que l'avantage de faire bénéficier son commanditaire d'un dégrèvement d'impôts.

Laura savait très bien où habitait le producteur, mais l'homme était connu pour aimer s'entourer de mystère et, sans doute, était-il persuadé que tout le monde ignorait le lieu de sa retraite.

Jusqu'à la sortie de Yucca, elle avait roulé toutes vitres baissées, mais, de crainte d'arriver chez le généreux donateur, couverte de poussière, elle fut obligée de s'enfermer et de mettre la clim' dès qu'ils eurent atteint la piste.

Cela lui rappelait les expéditions de jadis, où elle arrivait à destination la peau tannée de sable rouge, les cheveux emmêlés et la gorge en feu. Ces parcours interminables, où l'esprit ne devait jamais relâcher sa vigilance, avec ce leitmotiv : «c'est là-bas que ça se passe, si tu ne t'en sors pas, tous ces efforts auront été pour rien». Arrivée «là-bas», son regard évaluait froidement la situation, une situation toujours difficile. L'esprit mesurait le temps dont on pouvait disposer pour fixer l'horreur, avant que des réactions, ô combien prévisibles, n'enclenchent leur processus d'obstacles en cascade : des guérilleros mal assurés, privés d'encadrement, pointant leurs armes, piétinant les appareils ; les victimes révoltées par l'inertie des secours, lançant des pierres ou, au mieux, des invectives ; il s'agissait seulement de garder son sang-froid. «Tu n'es pas là pour résoudre des problèmes qui te dépassent, tu es là pour ramener *la* photo !» Les Nikon, les Leica crépitaient, il y avait des bousculades, des coups. Savoir à quel moment il était préférable de se retirer, et déjà songer à la meilleure façon de fuir pour avoir une chance d'expédier les documents au plus vite. Parfois les véhicules avaient été détruits, parfois il fallait se cacher ou porter secours à un collègue – tout le monde ne le faisait pas – mais la seule chose qui comptait était de regagner ses arrières.

Un soir, alors qu'elle venait de sauter in extremis dans un camion, on avait déposé sur ses genoux une petite fille de deux ans à peine avec, épinglée à sa chemise, une feuille de papier qui portait cette simple supplique : «Hôpital d'O. Urgent». Pendant les huit heures qu'avait duré le trajet qui les séparait de la capitale, elle avait été suspendue au souffle de l'enfant, un souffle qui allait s'amenuisant, parfois entrecoupé de hoquets qui laissaient craindre le pire, n'ayant pour toute possibilité que de glisser entre les lèvres desséchées de la petite moribonde un peu de salive. Pas la moindre réserve d'eau à bord. Elle avait trouvé l'hôpital, faisant une partie du chemin à pied, depuis l'endroit où le chauffeur du camion l'avait priée de descendre – un soldat ? un rebelle en guenilles ? elle ne savait même pas avec qui elle avait voyagé – la petite serrée sur sa poitrine entre un sac contenant les précieuses pellicules et un appareil photo, sa sacoche lui battant les flancs, toutes ces lanières et bandoulières passées à la hâte autour de son cou lui coupant la respiration, mais elle avait réussi à convaincre l'infirmier de garde, et avait pu remettre l'enfant entre les mains d'un médecin qui en avait vu d'autres, *ne vous en faites pas, on fera l'impossible*, avant de courir à nouveau vers l'aéroport où elle savait qu'un avion décollerait au petit matin pour Paris.

Elle avait aimé cette nécessité de maîtriser sa peur, de brider ses émotions, de bosser dans l'urgence. «C'est le travail, bon sang. Il faut faire ce travail jusqu'au bout.» Quand les photos paraissaient enfin, on pouvait au moins se dire qu'on avait servi à quelque chose.

C'était un métier qui vous donnait le droit de montrer, de vous mêler des affaires des autres, d'être indiscret. Dans la vie de tous les jours, elle s'y serait reprise à deux fois avant de frapper à la porte d'un voisin pour emprunter ne serait-ce qu'un quignon de pain. Elle n'aimait pas déranger, faire intrusion dans la vie d'autrui. Mais dès lors qu'il s'agissait du boulot, elle n'était plus la même. Ce n'était plus Laura Desmaret qui opérait, mais quelqu'un d'autre au service du devoir d'informer.

Elle n'avait pas hésité à forcer des barrages, à arrêter en pleine campagne la voiture d'inconnus parce que, privée de moyen de locomotion, il lui fallait foncer vers un lieu qui lui permettrait d'expédier ses photos. La nécessité absolue de couvrir l'événement lui donnait toutes les audaces. Elle devenait naturellement convaincante.

Parfois, quand elle se retrouvait sur les lieux d'une catastrophe ou d'un carnage, ou aux premières lignes entre des preneurs d'otages et les forces de l'ordre, il lui arrivait de se demander ce qu'elle faisait là, si ce n'était pas une forme de suicide que de s'exposer à ce point. Mais l'urgence ne lui donnait pas l'occasion de pousser plus avant la question. «Tu as choisi, pas d'état d'âme !» Pourtant il y avait ces regards désespérés, le dernier soupir d'un homme coincé sous les décombres, ces gens parqués – provisoirement, disait-on – derrière des barbelés, ayant tout abandonné derrière eux, dont on savait qu'ils resteraient là longtemps, très longtemps, condamnés à une survie pitoyable. On mesurait alors son impuissance, et chaque reportage accentuait un peu plus cet outrageant constat. Dans le feu de l'action, il était possible d'avancer. Possible de se duper. Possible de se faire croire qu'on participait, si peu que ce soit, à la révélation d'une injustice. Mais, sitôt la fièvre des événemcnts retombée, il était impossible d'oublier. Toutes ces vies brisées, le regard de vieillard d'un enfant épuisé par la faim, déshydraté. La douleur muette d'une maman ou d'un père, emmurés dans une solitude abjecte, dont ils ne sortiraient jamais. Se dire, qu'en dépit de toute cette horreur, on était d'une quelconque utilité n'était qu'un leurre. Les choses se décidaient beaucoup plus haut. Le malheur des uns nourrissait des stratégies cyniques, fort éloignées des considérations humataires.

Depuis qu'elle avait abandonné son métier, elle avait assisté en spectateur aux nettoyages ethniques les plus récents : Bosnie, Ruanda, Kosovo. Aux fanatismes les plus sanguinaires : Algérie, Talibans, Timor, Tchétchénie. Les fous d'Allah ou leurs détracteurs cédaient à la fascination du chaos ; le 11 Septembre était à venir. Elle ne voulait plus que sa vie s'inscrive dans ce jeu. Elle pensait sincèrement qu'il était plus urgent de se mettre à l'écoute des honnêtes gens. Elle ne supportait plus les credos identitaires qui n'étaient que piètres prétextes à la haine d'autrui, à de sombres alliances avec les marchands d'illusion. Plus discrète, rarement mise en avant, existait la parole des gens de bien, à qui les puissants n'accordaient le plus souvent qu'une écoute condescendante. Mais cette parole avait sa force, c'était vers elle qu'il fallait se tourner, avec la volonté de s'en faire l'écho. Rejoindre le troupeau des humbles, des âmes de bonne volonté n'était pas une honte, plutôt un devoir. Fuir ce besoin mortifère de la tragédie. Les révolutionnaires avaient failli, révélant au monde la composante pathologique de leur idéalisme douteux. Il y avait plus d'honneur, plus de courage à montrer l'aspiration du plus grand nombre à une paisible harmonie. Qu'avait-on fait miroiter aux futurs «libérés», si ce n'est la possibilité d'accéder au simple bonheur de vivre ? Mais qui chantait ce bonheur-là ? Qui célébrait cet hymne à la vie, cet hymne à vivre sans nuire ? Chanter les plaisirs frelatés, les bonheurs artificiels, oui il se trouvait des voix pour entamer ce refrain-là. Des voix mercantiles. Mais combien étaient rares celles qui entamaient la mélodie d'une vie accordée à la beauté du monde, du sobre contentement d'une réalisation personnelle, sans volonté prédatrice.

La douce violence des rivages du Pacifique, la proximité âpre du désert, lui avaient fait comprendre l'importance de savoir rester à sa place, l'importance de l'humilité. Il y avait plus de grandeur dans le regard du pêcheur solitaire, scrutant le banc de bonites qu'il suivait depuis des heures, dans le geste plein de patience d'une femme *paumotu*, tressant les palmes destinées à la construction d'un *faré*, plus de dignité dans l'attitude de ces vieilles gloires du music-hall qui, à 70 ans et plus, s'appliquaient à monter une revue qui faisait la joie des visiteurs de Yucca City, que dans toutes les déclarations d'intention ou protestations vertueuses appelant à la vigilance un monde fatigué de s'apitoyer.

*

La piste longeait une paroi rocheuse, fortement escarpée. Une clôture métallique, probablement électrifiée, filait à l'infini. Un portail de deux mètres de haut barrait la route. Le secrétaire était descendu de sa Jeep et venait à sa rencontre. Il lui expliqua qu'il devait taper un code pour que s'ouvre le portail, et qu'il faudrait qu'elle le suive de très près pour ne pas se retrouver bloquée. «Il ne manquerait plus que ton foutu portail coupe ma voiture en deux, pauvre couillon», invectiva-t-elle mentalement le vieil excentrique qui vivait là. Elle n'avait pas perdu cette habitude de jurer comme un charretier. Bien au contraire. Toutes les mises en scène, tous les délires de puissance la mettaient en rage, davantage à présent que par le passé.

Au bord du chemin, plusieurs caméras pivotantes balayaient le néant. Construite sur une plate-forme taillée dans la roche, la maison était un exemple de pure mégalomanie : son propriétaire semblait avoir voulu reproduire un temple grec. Cela faisait penser au musée Paul Getty, première version, qui, lui, s'inspirait d'une authentique villa romaine, ensevelie, jadis, sous les cendres du Vésuve. Mais là, en plein désert, l'effet en était désastreux.

Le secrétaire aux cheveux gominés la conduisit dans une salle où William Butler, le producteur, les attendait au milieu de ses trésors. Il apparut rapidement que l'homme n'attachait aucune importance à sa collection. Il s'était adressé au musée comme il aurait pu se mettre en quête d'une décharge où se débarrasser d'objets encombrants. Il y avait pourtant de belles pièces. Elles avaient été rangées par catégories, et l'inventaire en fut fait rapidement. Laura laissa à Butler une copie, sachant que l'ultime évaluation se traiterait par l'intermédiaire d'avocats.

Le producteur, dont elle ignorait ce qu'il avait produit, avait l'intention de passer, désormais, la majeure partie de son temps dans le désert. C'était un homme décharné, sans doute malade, dont la voix chevrotait lamentablement. Il ne devait pas avoir loin de quatre-vingts ans.

– Quand on vieillit, fit-il remarquer tristement, les amis se font rares. La santé et le confort deviennent notre seule préoccupation. J'ai tout ce qu'il me faut ici, et l'air y est plus pur qu'à Los Angeles. Ma famille, c'est désormais mon secrétaire, une infirmière, et quelques employés de maison. Alors, à quoi bon s'encombrer de tableaux, de poteries et de photos ! Souvenez-vous de ça, jolie madame, au moment du grand plongeon, tout ce qu'on a accumulé ne sert strictement à rien.

La femme de William Butler était morte l'année précédente, d'une longue maladie, selon les encarts nécrologiques parus dans la presse.

– Débarrassez-moi au plus vite de tout ça, chevrota le vieil homme, en lui serrant la main sous le porche délimité par d'imposantes colonnes de marbre. Dieu sait si nous nous reverrons !

En jetant un coup d'œil dans le rétroviseur, Laura eut pour ultime vision la silhouette du vieillard planté sur le seuil, les mains dans les poches de son pantalon trop grand. Vision pathétique d'un homme qui attendait la mort.

*

Il y avait foule en ce samedi matin au centre-ville. Des promeneurs nonchalants, occupés à tuer le temps, exploraient les nombreuses boutiques ouvrant sous les arcades des rues piétonnes. Beaucoup de gens, également, aux terrasses des cafés ou des restaurants. La plupart avaient revêtu des tenues décontractées – certains en bermuda et chemise hawaiienne, d'autres portant toutes sortes de couvre-chefs, allant du chapeau de brousse à la casquette Harley Davidson.

Carole traîna un moment au milieu d'une brocante installée en plein air. Rien de très folichon. Puis, après avoir acheté une casquette en cuir noir cloutée et une large ceinture assortie, elle se dirigea vers la cafétéria de l'hôtel où Laura lui avait donné rendez-vous, le même point de rencontre que la veille.

Il y avait des machines à sous dans le hall, et elle s'y attarda en attendant l'heure de retrouver son amie. Au moment où elle allait changer ses dollars contre des jetons, elle aperçut l'homme qu'elle avait déjà repéré au bord de la piscine, puis au restaurant du complexe hôtelier où elles avaient fait le tour du lac. Il était entièrement vêtu de noir et se dirigeait, tête baissée, vers les ascenseurs. Elle fut tentée d'aller s'installer au bord de la piscine, pariant qu'elle ne tarderait pas à l'y trouver. Mais elle remit à plus tard sa chasse à l'homme : maintenant qu'elle avait un gobelet de jetons à la main, autant tenter sa chance.

Elle avait attaché ses longs cheveux noirs en chignon, et les avait enfournés dans la casquette achetée un peu plus tôt, satisfaite de sa nouvelle allure. À peine eût-elle actionné le manche métallique que trois cerises s'alignèrent sur le cadran. Une dizaine de jetons tombèrent allègrement dans le ramasse-pièces prévu à cet effet. Elle mit ses gains dans un gobelet vide, jurant de ne pas y toucher. Elle continua à jouer pendant un bon quart d'heure, perdant, regagnant, régulièrement tentée d'oublier ses prudentes résolutions, jusqu'à ce que Laura la sorte de son rêve en lui tapotant l'épaule.

– Je pensais bien te trouver là, même si ta superbe casquette m'a fait hésiter quelques secondes.

Laura fit signe à une employée qui poussait un chariot, et changea cinq dollars.

– Ici, on ne se ruine pas. Vingt-cinq cents à chaque mise. On a le temps de voir venir.

Elle prit place devant la machine voisine qui était libre. Au premier coup de manche, une cascade de jetons menaça de faire déborder le collecteur.

– Ne jamais forcer sa chance, déclara-t-elle en riant. J'ai là de quoi nous offrir un bon gueuleton dans un restaurant mexicain. Chaque hôtel a son casino, autant sauver nos dollars pour le moment. Les occasions de nous appauvrir ne manqueront pas !

Carole, pour sa part, n'avait sauvé en tout et pour tout qu'un malheureux dollar. Elle ne se fit pas prier. *Adieu beau brun, à nous tacos et enchilados !*

★

Avant d'aller déjeuner, Laura entraîna son amie vers le spa dont l'entrée se trouvait à l'autre bout du hall.

– Ce n'est peut-être pas le plus grand centre thermal de la région, mais c'est le plus raffiné.

Elle lui montra la boutique où se vendaient toutes sortes de produits de soins, des peignoirs et des sacs frappés au logo du centre, et prit au passage une brochure où se déclinaient les prix de tous les services dont on pouvait bénéficier – hammams, bains à remous, massages.

Une jeune femme, les bras chargés d'une pile de serviettes de bains, traversa la boutique. Elle sourit à Laura :

– Bonjour Madame Morton. Je ne travaille pas du côté des femmes cette semaine, mais j'y retourne lundi. Avez-vous l'intention de venir ?

– Salut, Frida. Je crois que mon amie va se laisser tenter.

Elle fit rapidement les présentations.

– Fais-tu toujours équipe avec ta colocataire ?

– Ça dépend du planning. Elle sera là cet après-midi. Pour le moment, je suppose qu'elle est au club de squash. C'est une mordue de la raquette, et il y a un tournoi le mois prochain. Elle pense avoir ses chances, alors elle s'entraîne.

Après avoir laissé Carole s'inscrire à une séance de massage pour le lundi après-midi, Laura lui rappela qu'il était temps d'aller déjeuner si elles voulaient visiter les luxueux centres commerciaux des environs, avant de se rendre chez les Catherwood. Il y avait de nombreux restaurants mexicains à Yucca, mais celui qui offrait le meilleur choix était souvent pris d'assaut. Mieux valait ne plus tarder.

*

Quand elles arrivèrent chez les Catherwood, Carole fit grande impression. Elle était moulée dans une robe de lamé rouge, qu'elle avait achetée au cours de leur après-midi de shopping. Avec ses longs cheveux bruns qui lui tombaient au bas des reins, elle n'avait rien à envier aux fatales beautés de Sunset Boulevard. Laura ne fut pas sans remarquer la petite lueur égrillarde qui enflammait le regard de Dennis. Bob n'était pas mal non plus. Il portait une ample chemise mexicaine brodée, noire et or et, détail significatif, un anneau à l'oreille. Peut-être une façon de dire à son père : «Tu es le seul à faire l'innocent, mais voilà !»

Une table à tréteaux, où se trouvaient des pichets de punch et de sangria, avait été placée sous les arbres, dans un coin du patio, et des spots, judicieusement disposés, mettaient en valeur les eaux de la cascade qui bruissaient en un doux clapotis, avant de se perdre parmi les nénuphars.

Ralph, le fils du maire, était accompagné d'une jeune femme qui avait récemment ouvert une boutique, où l'on trouvait toutes sortes d'articles New-Age, et qui avait jugé bon de se draper pour l'occasion dans une sorte de toge blanche gansée de bleu. Son visage était pailleté de touches multicolores, ainsi que ses lèvres, naturellement diaphanes. Elle aurait pu tourner dans un péplum des années 50.

Comme à leur habitude, Wilfrid et Rosita Coogan, les charmants propriétaires de la pension de famille qui se trouvait de l'autre côté de la rue, étaient la discrétion même, bien que Rosita, vêtue d'un strict ensemble de soie grège, fût particulièrement à son avantage. Dennis, quant à lui, s'était contenté d'un pantalon de toile et d'un polo de coton qui mettait en valeur son teint hâlé de gentleman-farmer, et Laura fut presque attendrie par ce je-m'en-foutisme délibéré, si caractéristique d'un homme qui affectait de se moquer des apparences.

Bob s'affairait auprès de ses invités, faisant des allers et retours entre le patio et la cuisine, où Laura finit par le rejoindre, sous prétexte de lui prêter main-forte. Elle avait remarqué que Benny, le lieutenant de police, et sa femme Cynthia étaient absents, alors que Bob lui avait dit, le matin même, les avoir invités.

– Cynthia a téléphoné, il y a une heure pour nous dire que Benny était sur une sale affaire. Mais je préfère éviter d'en parler pour ne pas gâcher la soirée.

Seul mon père est au courant. Le meurtre d'une jeune fille, à ce qu'il paraît. Tuée par balle. Une vraie boucherie. Il se peut qu'ils passent en fin de soirée, mais Cynthia préfère attendre à la maison, au cas où Benny chercherait à la joindre.

– Sait-on de qui il s'agit ?

– Pas la moindre idée. En fait, je n'ai pas voulu me montrer indiscret. Ce n'est pas qu'une indiscrétion de cette sorte puisse beaucoup intéresser notre grand journaliste !.... – Il faisait allusion à Ralph, toujours prêt à étouffer les affaires susceptibles d'entacher la réputation de Yucca City – ... De toute manière, ça ne nous regarde pas. Si Benny veut lâcher quelque chose, c'est à lui d'en décider.

Laura promit de se taire et rejoignit la petite bande, avant qu'on ne s'interroge sur son absence. Quand elle regagna le jardin, Dennis Catherwood était en grande conversation avec Miss Péplum, mais il était évident qu'il ne quittait pas Carole des yeux. Fine stratégie, se dit Laura. Jouer les indifférents était, assurément, la meilleure façon de capter l'attention de la belle Carole.

Elle avait toujours été amusée par ce besoin qu'avait son amie de faire tourner les têtes. Pour le moment, elle gratifiait Ralph de mille sourires, mais l'assurance faussement appliquée qu'elle manifestait montrait clairement que son esprit était ailleurs. Dès qu'elle le pouvait, elle faisait des effets de buste en direction de Catherwood, ce qui n'était pas trop difficile en raison du décolleté vertigineux de la jolie robe en lamé. Dennis, de plus en plus intéressé, faisait mine de ne rien voir. Une sacrée paire d'hypocrites, songea Laura avec mansuétude.

À présent, elle éprouvait de la compassion pour Dennis. Avec le temps, avec la distance, elle était même capable de se rappeler avec émotion les instants de complicité qu'ils avaient jadis partagés. Elle l'avait chargé injustement, parce que seule comptait, à l'époque, sa relation avec John. Il fallait reconnaître, qu'à certains moments, Dennis lui avait témoigné une réelle affection. Mais elle s'était souvent cabrée, comme si tout cela n'était que sombre manœuvre destinée à endormir sa méfiance. À y bien réfléchir, Dennis s'était souvent montré équitable. Il avait apprécié son travail et, lorsque John s'absentait, il leur était arrivé de passer ensemble des soirées à écouter de la musique de jazz, discutant comme deux vieux amis, sans la moindre équivoque. À cause de sa difficile relation avec John, il avait fallu qu'elle trouve un coupable, et il lui avait été plus commode d'attribuer ce rôle à Dennis. Certes, elle ne pouvait pas l'absoudre complètement. Son ouverture d'esprit n'était pas un modèle du genre, mais de là à en faire un monstre, il y avait de la marge.

Elle avait dangereusement dérapé quand elle s'était affolée, après que Bob lui eût parlé de l'incident qui avait conduit Dennis à vouloir étrangler sa femme. Peut-être n'y avait-il pas un seul mot de vrai dans cette histoire, et de là à imaginer que Dennis continuât à se méfier d'elle, ce n'était pas sérieux. Sans doute avait-il été perturbé, lui aussi, par la disparition de John. Les gens ont parfois des réactions incompréhensibles quand un événement imprévu leur tombe sur la tête. Restait la façon dont il lui avait fait comprendre qu'il préférait la voir quitter au plus vite la maison de Napa

Valley. Mais peut-être avait-il considéré que John l'avait plus ou moins trahi en prenant des risques inutiles, et qu'il n'avait pas à se sentir responsable des conséquences de sa folie.

Bob avait mis des cuisses de poulet à griller sur le barbecue, tandis que plusieurs variétés de salades attendaient sur la table du jardin. Dennis avait fourni le vin, «du terroir, messieurs dames !» avait-il lancé en français, avec un clin d'œil à Laura. Maintenant que chacun avait trouvé ses marques, les Catherwood, père et fils, avaient installé au milieu du patio une deuxième table qu'ils avaient sortie du garage. Dennis avait pris place aux côtés de Laura, ce qui lui permettait d'être en face de Carole qu'il feignait toujours d'ignorer. L'intérêt que celle-ci avait manifesté à Ralph semblait se relâcher. Mademoiselle New-Age vantait les vertus des CD de méditation que l'on pouvait trouver dans sa boutique. Dennis étouffa un bâillement. Il se pencha vers Laura pour s'enquérir du sujet de son dernier roman. «Mexico-City et ses mauvais quartiers. Prostitution, drogue, sida. Rien que des situations déprimantes», ironisa-t-elle à peine. Dennis lui tapota amicalement la main, du style «On se comprend».

Le téléphone sonna au moment où Bob apportait le dessert : des beignets aux pommes et une monumentale salade de fruits. Laura, qui l'avait aidé à desservir, se retrouva entre la cuisine et le salon au moment où il raccrochait.

– Ça s'est passé ce matin, lui glissa-t-il discrètement. Il s'agit d'une jeune femme qui travaillait au *Palm City Hotel*. Une balle dans la poitrine, une autre en pleine tête. Pour le moment, c'est le black-out complet. Elle baignait dans une mare de sang quand sa *roommate* l'a découverte en rentrant du travail... Surtout, ne dis rien ! Je ne suis pas disposé à subir des crises d'hystérie version New-Age !

À nouveau, Laura promit de se taire.

– Aucune réaction du côté de la municipalité ?

– Pas que je sache. Mais ils doivent être au courant. De toute manière, «papa» fera jouer le devoir de réserve !

– Et dire que Ralph est ton ami !

– Ralph est mon ami, mais ce n'est pas un journaliste, voilà tout. Au mieux, un agent de promotion à la solde de la mairie. Pas de quoi en faire des gorges chaudes. On n'est ni à New York, ni à Chicago. Yucca City n'a pas besoin de meurtres à la une. N'oublions pas que nous sommes au pays des éléphants !

Que l'éléphant fût l'emblème du parti Républicain voulait tout dire. De toute manière, à quoi servait le déballage d'un fait divers où que ce soit ! Laura adressa un clin d'œil à son ami :

– Yucca City est une oasis, l'idée qu'elle puisse être également une oasis du non-événement me plaît assez !

Subitement elle se figea. «*Palm City Hotel... sa roommate*», avait dit Bob. Les paroles prononcées par Frida, la jeune Mexicaine du centre thermal, lui revinrent à l'esprit : Christina, qui ne travaillerait que l'après-midi, s'entraînant au club de squash.

Elle avait fait la connaissance de Frida, quand elle était descendue pour la première fois au *Palm City Hotel*. Depuis, elle fréquentait régulièrement le centre thermal, et avait sympathisé avec cette jeune Mexicaine, autant serviable que délurée. Frida avait partagé, pendant quelque temps, un bungalow situé du côté de Sandy Bird avec sa sœur aînée, jusqu'à ce que celle-ci, une fois mariée, ait déménagé à Los Angeles. Par la suite, Frida avait proposé à une collègue, récemment arrivée au centre, de s'installer chez elle et de partager le loyer. Il s'agissait de Christina, la championne de squash.

Christina travaillait assez rarement dans le quartier des femmes, mais Laura avait eu l'occasion d'échanger quelques mots avec elle. Rien de très personnel, Christina étant beaucoup plus réservée que Frida. Récemment, elle l'avait entendu parler, avec une collègue, de l'achat d'une moto. Une Suzuki 250, avait-elle précisé à l'adresse de Laura qui attendait son paquetage de peignoir, serviettes de bains et chaussures antidérapantes. Etait-il possible que Christina ait été assassinée ? Qui pouvait en vouloir à une modeste employée, dont les richesses devaient se limiter, tout au plus, à la possession d'une moto achetée deux ou trois mois plus tôt ! Qui, à part un détraqué, à moins qu'il ne s'agisse d'une affaire de drogue ! Mais il était inimaginable qu'une jeune fille si discrète, si effacée ait quelque chose à voir avec des trafiquants ou n'importe quelle sorte de trafic ! Elle ne pouvait pas se permettre d'appeler Benny, mais peut-être que Bob, qui le fréquentait depuis des années, aurait d'autres détails dans la matinée du dimanche. Elle pourrait également passer au centre et contacter Frida, si toutefois celle-ci était de service.

Bob avait dit qu'il s'agissait d'une jeune femme travaillant au *Palm City Hotel*. Cela pouvait être tout aussi bien une serveuse ou une femme de chambre. Elle n'eut pas le loisir de pousser plus avant sa réflexion. Dennis, qui s'était enfin décidé à s'occuper de Carole, entamait son numéro d'homme des bois : «Dis donc à ta copine de faire le détour par San Francisco, avant de regagner Los Angeles. Une Parisienne ne peut pas quitter la Californie sans avoir visité la Napa Valley ! Qu'en penses-tu ? J'ai de quoi vous loger toutes les deux, si ça t'intéresse !»

De toute évidence, Carole avait séduit l'assemblée. Wilfrid et Rosita les invitaient à se joindre à eux le lendemain matin pour un brunch, et Bob voulait lui faire les honneurs du musée.

– Vous êtes tous si spontanés, s'cxtasiait Carole, aux anges. On ne se connaît que depuis quelques heures, et j'ai l'impression de faire partie de la famille !

– C'est la Californie, susurra Miss Péplum. Quant à moi, je peux vous proposer un stage de méditation à prix réduit. On en démarre un nouveau, dès lundi.

– Balivernes, explosa Dennis. Cette jolie femme n'a pas besoin de léviter. C'est la nature qu'il lui faut. La vraie nature, avec ses vignes et un solide *coup de canon !*

– Un coup de canon et un «canon», ce n'est pas tout à fait la même chose ! fit remarquer son fils, trop habitué aux approximations de son père pour s'en formaliser.

*

Cette première expérience avait été abominable. Il était resté embusqué pendant près d'une demi-heure, avant que Frida ne quitte la maison au volant de la Ford. Pendant tout ce temps, il avait pu mesurer les faiblesses de son plan.

Il n'avait même pas songé à la meilleure façon de pénétrer dans la maison, si la porte en était fermée. S'il frappait ou sonnait, la gamine viendrait certainement lui ouvrir, mais elle serait, alors, trop près de lui pour qu'il ait suffisamment de recul pour tirer.

Il fallait non seulement qu'il trouve une bonne raison pour justifier son intrusion, sans éveiller sa méfiance, mais il fallait aussi qu'elle se trouve à la bonne distance pour qu'il puisse sortir son arme sans attirer son attention.

Il était effaré par son manque de préparation. Il s'était laissé obnubiler par la certitude de la trouver seule à son domicile, et n'avait même pas réfléchi à la façon de l'aborder.

Il avait sur lui un calepin, acheté en ville, et peut-être pourrait-il prétendre l'avoir ramassé devant l'hôtel, juste après qu'elle soit passée près de lui, alors qu'elle quittait le centre. Mais cela ne justifiait pas qu'il se pointe chez elle, à neuf heures du matin, pour lui restituer un objet soi-disant perdu. Plutôt que d'avoir recours à cet argument douteux, il pourrait plus facilement prétendre qu'un de ses amis, dont il aurait égaré le numéro de téléphone, vivait à Sandy Bird, et qu'en essayant, la veille, de repérer les lieux, il les aurait aperçues devant chez elles, sans oser les interpeller. Donald Arbott. Son ami s'appellerait Donald Arbott.

Après tout, que ses explications soient tirées par les cheveux n'était pas très important. Il suffisait qu'elle accepte de le laisser entrer et, sitôt à l'intérieur, il attendrait qu'elle lui tourne le dos pour opérer. Tout se jouerait dès les premières secondes, trop rapidement pour qu'elle soit en mesure de poser des questions embarrassantes.

Restait la possibilité que la porte ne soit pas fermée à clef. Il pourrait l'ouvrir en douceur et la surprendre, sans qu'elle se méfie. Elle serait peut-être en train de regarder la télévision ou de faire la vaisselle du petit-déjeuner. Il suffirait de tirer dans la tête, dans le dos, puis de s'assurer qu'elle ait eu son compte.

Quand Frida sortit de la maison, son organisme réagit avec une brutalité effrayante. Une sueur acide inonda son visage. Il saisit le pistolet qui se trouvait dans la boîte à gants, comme dans un songe. Il fallait y aller coûte que coûte. Mais à peine avait-il ouvert la portière de la Cherokee, que Christina apparut sur le seuil. Elle tenait à la main un sac-poubelle, gonflé de détritus, qu'elle déposa sur un support en bois, installé à la limite des broussailles qui faisaient office de clôture. Cela signifiait qu'il fallait s'attendre à un ramassage d'ordures. Il devait agir immédiatement, sinon son plan allait foirer. Ses mains tremblaient. La fille venait de repasser le seuil, laissant derrière elle la porte grande ouverte. Il dévala le raidillon qui menait à la maison, le pistolet glissé sous la saharienne qu'il avait revêtue à cet effet, et se rua vers l'entrée. Elle était debout, au milieu de la pièce, traînant derrière elle un nouveau sac. Il visa. Tira. Ayant juste conscience de l'expression de surprise terrifiée qui déformait son visage. Elle pivota d'un seul mouvement, au ralenti. Tomba face contre terre. Il tira une fois encore, dans la nuque, puis visa la tempe. Resta un instant à surveiller le corps qui tressautait. La tête avait été réduite en bouillie.

Il se retrouva dans la rue, prêt à vomir. Vomit, effectivement, au milieu des buissons. S'essuya la bouche du revers de la main. Regagna la Cherokee. Ôta sa veste, puis la roula en boule sous le siège. Il amorça la descente en roue libre. Conduisit, halluciné, rejoignant le *freeway* sans savoir comment, effaça une dizaine de kilomètres, avant de se débarrasser de la veste dans une décharge.

Finalement, il rentra au *Palm City Hotel*, se gara dans le parking réservé à la clientèle, puis traversa le hall sans s'attarder. Arrivé dans sa chambre, il changea de tenue. Il avait pris soin de se vêtir de noir, à cause des taches, mais jugea plus prudent de se débarrasser de ces vêtements. Il les mit dans un sac et reprit la route, dans l'espoir de retrouver l'endroit où il avait abandonné sa veste. Devait-il faire disparaître, également, le pistolet ? Il décida de le cacher dans le coffre de la voiture, même s'il doutait d'avoir le cœur de l'utiliser une nouvelle fois contre Morton. Après avoir jeté le sac contenant ses vêtements dans la brousse, il fut de nouveau à l'hôtel. Il prit un verre au bar, comme il l'avait fait les soirs précédents. Échangea quelques mots avec le barman, heureux de constater que sa voix ne trahissait aucune émotion. Mais le gars était peu loquace. Il n'insista pas. Une heure plus tard, il s'écroulait sur son lit, vidé.

Il faisait nuit quand il émergea d'un horrible cauchemar, incapable de reconnaître l'endroit où il se trouvait. Il fixa les tentures de la pièce, incrédule. Son cerveau était aussi douloureux qu'après une soirée de beuverie. Mais, brutalement, ce qu'il venait d'accomplir le submergea. Il eut envie de ramasser ses affaires et de fuir le plus loin qu'il pouvait. Trouver un lieu où se cacher. Sombrer. Mais la réalité de son geste le maintenait à l'horizontale, comme si un bras d'acier écrasait son thorax. Certainement les prémices d'une crise cardiaque. Le mieux qui puisse lui arriver.

L'image de la jeune Belge, sa bouche traduisant la surprise, pour se transformer très vite en un rictus la rendant laide au possible, frappa son imagination. Puis le mouvement du corps, culbuté comme un colis informe, le tressautement désordonné des genoux, l'abandon du visage qui n'en était plus un, et cette folie au fond de lui-même : «Encore, ne t'arrête pas, va jusqu'au bout !» L'odeur âcre qui montait de sa peau, de ses aisselles, son odeur à lui, empoisonnée. L'air du dehors, enfin, qui lui brûlait les yeux, le soulagement de retrouver la voiture – elle aurait pu avoir disparu – l'envie de se coucher dans le fossé près duquel il s'était garé, un frisson glacé lui vrillant la moelle épinière. Poser les mains sur le volant l'avait apaisé.

Il ne savait plus quoi faire de son corps. Nager, se laisser aller dans un bain bouillonnant, tout cela était impensable. Il se revit dans la maison de Cape Cod, un dimanche matin. Linda Shutter distribuant les rôles à sa petite troupe occupée à la préparation du breakfast. Il s'accrocha à cette vision comme un bateau à la dérive à une ancre problématique. Seule Linda pouvait le sauver. Elle lui avait parlé d'un appartement qu'elle possédait dans un immeuble de quinze étages à Hawaii. «Aide-moi Linda, cache-moi !» Mais tout cela était ridicule. Personne ne pouvait rien pour lui.

Il avait accompli un geste parfaitement superflu qui allait le détruire. Cette fille dont le cadavre reposait, peut-être encore, sur le sol de la petite maison en bois, n'avait plus la moindre utilité. Pire, sa dépouille figurait sa propre dépouille. Ce n'était pas cette malheureuse qu'il avait voulu tuer, mais une part de lui-même, ce double misérable qu'il traînait après lui, dont il ne pourrait jamais se défaire. Il avait cru tuer tout ce qui en lui restait inachevé, pitoyable, égaré. Mais il n'en était rien.

Il enfouit sa tête entre les oreillers qui gisaient sur le lit, comme s'il avait voulu s'étouffer. Il resterait toujours ce gamin humilié, rejeté par les siens, dont l'absurde besoin de revanche avait sapé les forces. Il avait déjà éprouvé ce sentiment de non-retour quand Anna, rentrée plus tôt que prévu, l'avait trouvé nu, dans leur salle de bains, en compagnie d'une fille qu'il avait prise en auto-stop, il ne savait pourquoi. Mais, si cela avait sonné le glas de leur mariage, il n'en avait pas risqué pour autant la chaise électrique. Il venait de foutre sa vie en l'air. Ne serait plus qu'un homme traqué.

Soudain, il réalisa pleinement ce qu'il avait fait. Il était dix heures du soir. Frida, la Mexicaine, avait depuis longtemps quitté son travail. Elle était probablement rentrée chez elle, et avait découvert le corps de son amie. Du sang sur le canapé. Du sang sur le linoléum. Du sang partout. La situation ne le concernait plus. Un nouveau témoin avait pris la relève. L'histoire allait se raconter autrement, à travers le récit qu'en ferait cette fille, ses explications, son témoignage. Il se sentit soudain étranger à l'affaire, bien que profondément accablé. La meilleure parade consistait à oublier. Ce qu'on oublie n'existe pas. Ni pour soi, ni pour les autres. L'affaire ne concernait plus, désormais, qu'une employée d'hôtel, sans doute en état de choc, et la police qu'elle n'avait pas manqué d'alerter.

Il fallait vraiment être stupide pour se laisser démonter par un événement qui n'existait pas. N'avait jamais existé. Un simple fait divers dans le désert californien. Quelque chose de beaucoup plus sérieux l'attendait. Ce pourquoi il était venu s'enterrer dans ce trou perdu. Sa détermination ne devait pas fléchir. Tuer une gamine inoffensive avait peut-être été une erreur, mais se débarrasser d'une femme arrogante était un devoir. Son geste aurait valeur d'exemple. Même s'il devait en demeurer le seul témoin. Il avait conquis sa place au soleil. Il devait la garder. Détruire tous ceux qui lui feraient ombrage.

La Belge avait incarné ce qu'il détestait au plus haut point : la faiblesse, l'humilité, la naïveté. Mais c'était de l'histoire ancienne. L'autre, la donneuse de leçon version polar, c'était bien autre chose. L'assurance que l'on a toujours le dernier mot, quand on sait ce qu'on veut.

Dans le cauchemar qui l'avait réveillé, il se trouvait immergé dans l'un des bains à remous du centre. Laura Morton, assise devant lui sur un tabouret. Elle portait un body noir en dentelle – Anna en avait possédé un semblable. Son regard ne pouvait se détacher de ses orteils soigneusement carminés, comme s'ils pouvaient lui fournir la clé d'un souvenir lointain, insaisissable, et la foutue garce lui disait d'un air supérieur : «Te voilà bien avancé, pauvre type. Retourne en vitesse d'où tu viens. Tu es de trop à Yucca City !» Les ongles rouges occupaient brusquement tout l'espace, comme sous l'effet d'un travelling, le pied tendu, pressant son front, le faisait s'enfoncer dangereusement au milieu des bouillons, tandis qu'une voix cognait sous son crâne, martelant à la limite de l'hystérie : «C'est du sang, tu ne vois pas que c'est du sang, pauvre idiot !» Une réaction somme toute banale après ce qui s'était passé. Laura Morton ne lui faisait plus peur. Il savait comment la démettre de ses pouvoirs. Le calme, la maîtrise de soi refluaient en lui, comme une large respiration. Celle de l'athlète avant le sprint de la victoire.

★

## CHAPITRE 6

Après le brunch du dimanche matin chez les Coogan, Laura s'arrêta au *Palm City Hotel*, avec l'intention de demander à la réceptionniste si la jeune Frida était de service. Elle eut affaire à une blonde hiératique, dont le visage était constellé de minuscules étoiles violettes – une nouvelle venue, probablement – qui lui répondit que Frida n'était pas inscrite au planning. La froideur de la réponse, inhabituelle de la part d'une personne travaillant à l'hôtel, laissait penser qu'elle avait reçu des consignes. Laura n'insista pas. Frida lui avait dit qu'elle officierait dans la section des femmes à partir de lundi, mieux valait patienter.

Elle ne devait pas en faire une affaire personnelle. Les journaux ne pouvaient pas cacher un meurtre éternellement, et les éditions du lundi matin apporteraient probablement la réponse qu'elle attendait et redoutait tout à la fois.

Il lui parut étrange d'attacher autant d'importance au sort d'une simple employée qu'elle n'avait côtoyée que cinq ou six fois. Mais elle avait remarqué chez Christina les signes d'une détresse mal dissimulée, qui l'avait émue. Elle s'en voulait de ne pas s'être montrée plus attentive. Il suffisait parfois de quelques mots échangés pour arracher les gens à leurs tourments. Elle ne l'avait pas fait. Quand elle se rendait au centre, c'était pour se détendre. De plus, elle n'aimait pas s'immiscer dans l'intimité des autres. D'ailleurs, qu'aurait pu dire Christina de ses problèmes, si toutefois elle en avait, occupée qu'elle était derrière un comptoir à distribuer des numéros de vestiaire, des serviettes de bains, et le code d'accès aux hammams et aux saunas !

Cela l'avait toujours intriguée qu'on fournisse un code à la clientèle pour qu'elle puisse profiter d'activités aussi banales. «C'est pour éviter que les gens y restent trop longtemps», lui avait dit Frida. «On change les codes deux fois par jour. Cela nous permet de contrôler les temps d'exposition sur ordinateur et, si par la suite quelqu'un qui aurait dépassé les limites vient à se plaindre de certains troubles, il nous est plus facile de nous couvrir.»

Elle retrouva Carole qui attendait dans la voiture. Elles avaient décidé de visiter le parc national, et il était temps de partir vers de nouvelles aventures.

✪✪✪

Quand elles furent de retour, en fin d'après-midi, il y avait un message de Bob qui demandait de rappeler. Laura composa son numéro, et il décrocha aussitôt :

– Mon père voulait nous inviter à une soirée jazz. Un orchestre de la Nouvelle-Orléans qui se produit au *Sunset Palace*. Je lui ai dit que nous devions travailler sur l'inventaire de William Butler, mais qu'il pouvait toujours demander à Carole de l'accompagner. Il est évident que c'est à elle que s'adresse avant tout l'invitation !

– Pourquoi lui as-tu dit ça, l'histoire de l'inventaire ?...

– J'ai quelque chose à te montrer. Il ne faut pas qu'il soit là...

Il y avait dans la voix de Bob une excitation inhabituelle qui intrigua Laura.

Bien entendu, Carole était partante, avec toutefois quelques réserves :

– Ne crois-tu pas que Dennis veuille me faire du plat ? C'est un homme charmant, je ne dis pas le contraire, mais il est tout de même un peu vieux !

– Cinquante-six ans, tu trouves cela vieux !... De toute manière, Dennis n'a rien d'un satyre. Il aime s'entourer de jolies femmes, mais il sait se conduire.

L'affaire fut vite réglée, Carole n'ayant jamais su résister à la perspective d'une sortie. Ils décidèrent de se retrouver chez les Catherwood. Dennis se chargerait de raccompagner Carole en fin de soirée, puisqu'il s'agissait d'un dîner-spectacle qui devait se terminer vers vingt-deux heures.

– Ça nous ira parfaitement, proclama Bob sans sourciller, Laura et moi aurons réglé notre affaire d'ici là !

– Ne vous tracassez pas pour moi, je peux rester seule à la maison une heure ou deux, déclara Carole, mise en confiance par les manières réservées de Dennis. Si Laura tardait à rentrer, il y a chez elle tout ce qu'il faut pour s'occuper.

Dès que Carole et Dennis eurent quitté la maison, Bob entraîna Laura dans le bureau qu'il partageait avec son père. Il semblait de plus en plus nerveux :

– Il m'arrive un truc incroyable. Regarde ce que j'ai trouvé, coincé au beau milieu d'un livre que j'étais venu consulter !

Une imposante bibliothèque faisait le tour de la pièce. Bob sortit une photo qu'il avait rangée dans un tiroir fermé à clef : la photo d'un homme en string, s'exhibant avec complaisance – un dos, de jolies fesses, le visage de profil. Au niveau de l'omoplate gauche, on voyait un tatouage représentant un scorpion, l'aiguillon dressé, parfaitement équivoque.

– C'est un coup de Frankie. Tu sais, ce garçon qui venait de temps en temps au musée...

Laura fit signe qu'elle se souvenait.

– ... Dis-moi un peu ce qu'il a voulu provoquer en mettant cette photo à l'intérieur d'un livre qui appartient à mon père ! Un livre sur les vins californiens ! Ça fait un an que ce satané frimeur est parti, et je n'avais jamais eu l'occasion de toucher à ce bouquin. De la pure provocation. Est-ce qu'il va falloir que je passe en revue tous les ouvrages de cette foutue bibliothèque, pour m'assurer qu'il n'a pas dissimulé d'autres clichés de son corps sublime un peu partout ?

Laura s'écroula de rire dans le premier fauteuil qui se trouvait à sa portée :

– Soyons un peu sérieux, Bob. Tu as concocté toute cette mise en scène, l'histoire de l'inventaire, la sortie de ton père avec Carole en petit comité, uniquement parce que tu as trouvé la photo d'un homme à poil, ou presque, dans un livre !

Bob la fixa un instant de ses beaux yeux bleus, frangés de cils, longs à faire se damner tous les éphèbes que comptaient la Californie.

– Excuse-moi, Laura, de t'avoir dérangée. Mais, imagine que mon père soit tombé sur cette photo ! Imagine le scandale !

– Il n'y a pas de scandale qui tienne. C'est seulement ton imagination qui est en plein travail. N'importe qui peut avoir glissé cette photo dans un livre. Une plaisanterie de potache, ni plus ni moins !

– Mais il y en a peut-être d'autres !

– Eh alors ! Veux-tu me suggérer que tu m'as invitée chez toi pour que nous passions la soirée à feuilleter cinq ou six cents bouquins, sous prétexte qu'une photo un peu olé olé pourrait s'y trouver ! Quel touchant tête-à-tête ! À vrai dire, je préférerais que tu m'offres un bon verre de vin, et quelques trucs sympas pour aller avec. Des toasts au foie gras, par exemple. Je sais pertinemment que ton père ne vient jamais les mains vides. Dis-moi où ça se trouve, je m'en occupe séance tenante.

Elle claqua un baiser sonore sur la joue lisse et hâlée de son ami.

– Quand on veut s'offrir les conseils d'une Française bon teint, faut savoir en payer le prix !

Mais Bob était parti dans une longue rêverie, qu'il sembla quitter à regret :

– Il faudrait que je me décide à *lui* parler, conclut-il finalement tout penaud. Je ne vais pas passer ma vie à faire semblant !

– C'est ça. Et pourquoi pas un bon *mea culpa* pendant que tu y es ! Crois-tu vraiment que ton père soit aussi naïf qu'il y paraît ? Est-ce qu'il juge nécessaire de t'entretenir des hauts faits de sa vie amoureuse ? Où est la différence ? Explique-moi un peu !

Bob qui avait suivi Laura dans la cuisine, ouvrit le réfrigérateur, en sortit un bocal de foie gras, puis jeta un coup d'œil dans l'armoire à vin :

– Désolé : pas de sauternes, mais ce merlot a bonne réputation.

Laura fit mine de s'intéresser à l'étiquette et acquiesça. Ils prirent des verres, des assiettes, des couverts, passèrent au salon, et déposèrent le tout sur une table basse.

– Peut-être qu'il n'y a pas de différence, poursuivit Bob tout en débouchant la bouteille, mais il y a de plus en plus souvent des réflexions à propos des petits-enfants qui tardent à venir, des «il n'y a jamais eu de vieux garçons dans la famille !» des «quel gâchis de vivre seul à ton âge !»...

– Ça fait partie du cinéma habituel. Dis-lui tout au plus que le mariage ne t'intéresse pas. Il comprendra, s'il veut comprendre. Et si un jour tu décides de partager la maison avec un ami, il sera bien temps pour l'informer qu'il y a quelqu'un dans ta vie. Je crois que la mode du grand déballage est passée. Il y a des choses qu'il faut parfois préciser quand on a quinze ans, mais pas à trente-cinq !

– Laura, soupira Bob avec une mimique comique, si j'étais un autre homme, je crois qu'il me faudrait une femme comme toi. Comment se fait-il que l'amitié et le sexe soient incompatibles ?

– Pas forcément incompatibles, mais les gens se gâchent le plus souvent la vie à vouloir tout concilier.

– As-tu jamais été troublée par une présence féminine ? As-tu jamais frémi à la vue d'un corps de femme ?

– Non. Parce que mes gènes ne sont pas porteurs de ce message-là, et qu'aucun événement ne m'a conduite à rejeter l'autre sexe. J'aime les femmes à ma façon, dans la connivence, du moins certaines d'entre elles. J'apprécie une belle femme, une allure, un certain rayonnement, mais il n'y a pas d'implication charnelle. Je n'y suis pour rien. Juste une affaire de chromosomes !

– Je croyais que ça me passerait. Qu'il suffirait d'une rencontre appropriée... Quand je suis arrivé à Yucca City, il y avait une fille qui me plaisait. Gentille, sexy, rassurante. Je lui plaisais aussi. Mais l'idée d'aller plus loin me paralysait. Je voyais se profiler ce satané enchaînement de cause à effet : l'attirance sexuelle, le couple, la famille, les enfants... Terrifiant ! Pourtant, la majeure partie des gars de mon âge se résigne, un jour ou l'autre, à en passer par là. Ils ne se résignent même pas. Ils aiment ça !

– On parle de libération, mais on continue à faire un tas d'histoires à propos du sexe et des relations amoureuses... Est-ce vraiment si important ? Ne t'es-tu jamais demandé pourquoi ceux qui ont vécu les situations les plus déplorables nous pressent-ils toujours d'en faire autant ?

– Parce qu'il leur est impossible de se remettre en question. Sans doute veulent-ils qu'on leur ressemble. Que l'on communie dans la grande désillusion ! récita Bob sur le ton d'une complicité amusée.

– D'accord, d'accord ! s'enflamma Laura. Nous savons tout cela par cœur, mais rien ne nous oblige à nous sacrifier pour que nos parents ou nos proches puissent continuer à se voiler la face.

– Mais tu t'es mariée, Laura. Tu as choisi de jouer le jeu comme tout le monde !

– C'est que les usages ont la vie dure. Dans le meilleur des cas, on croit pouvoir choisir, mais on est toujours plus ou moins conditionné. Quand j'étais jeune, il était admis qu'une femme puisse avoir envie d'exercer un métier, mais on vous laissait toujours entendre que la vraie vie, le véritablement accomplissement, passaient par la vie de famille. Une vraie femme se devait d'être une amoureuse doublée d'une mère. Fort heureusement, il n'y avait pas autour de moi de modèles suffisamment convaincants pour que j'aie envie de croire à ce doux conte de fées.

Elle mordit à pleines dents le toast qu'elle venait de tartiner :

– Je voulais vivre à la dimension du monde. Mon métier m'a donné ce bonheur, cette liberté. Aller au bout de la curiosité. Comprendre. Se sentir partie prenante. Je rejetais toutes ces histoires de famille et de couple. Je ne voulais pas me sentir limitée. Mais on n'échappe jamais tout à fait au regard des autres. Ce regard dubitatif qui vous suggère qu'il vous manque quelque chose. Que l'on traîne avec soi comme une infirmité. Qu'en dépit de vos aptitudes ou de vos engagements, il existe un domaine où vous serez toujours incapable de faire vos preuves. Je crois que j'ai voulu faire mes preuves. Démontrer que j'étais aussi humaine que n'importe qui. Que j'avais tous les talents. Autrement dit, je voulais en boucher un coin aux oiseaux de mauvais augure. Je pourrais faire comme eux, comme elles, mais en mieux. J'apporterais la preuve qu'un homme et une femme peuvent s'entendre sans se rogner les ailes... La démonstration n'a pas été concluante.

– Cela veut dire que c'est sans espoir.

– Pas forcément. Mais l'amour c'est du rêve à l'état pur. On s'imagine une vie plus large, plus ouverte, plus généreuse. On croit que l'autre est sur la même longueur d'onde, mais la réalité est beaucoup plus complexe. L'autre n'est jamais le prolongement de soi-même. On le prend avec ses peurs, ses résistances, ses vieux comptes à régler. L'amour n'a pas d'effet magique. Vivre à deux n'est pas un état naturel. Se reproduire certainement, mais cohabiter est une foutue engeance.

– Vivre seul ne l'est pas davantage. C'est aussi une foutue engeance !

– Uniquement si l'on croit manquer quelque chose d'important. La vie commune est probablement nécessaire à ceux qui sont vulnérables ou qui manquent d'imagination, mais que d'énergie consumée inutilement dans la plupart des cas ! Une énergie qui aurait pu être employée à se dépasser, à entreprendre...

– J'apprécie ton réalisme, avança prudemment Bob, mais vivre à deux peut être, également, une façon de se dépasser !

– Bien sûr, mais je dois reconnaître qu'avec John, j'ai surtout appris à comprendre la souffrance de tous ceux qui se taisent. De ceux qui se sentent ligotés.

Maintenant je désapprends. Je me déleste de tous les savoirs. Le désert, la solitude, m'aident à voir la vie autrement. À quoi ça sert, me diras-tu ? Ça sert à se mettre à l'écoute de ce qui compte vraiment. J'ignore s'il est possible d'obtenir des réponses, mais j'aime penser que toutes ces interrogations, les miennes et celles des autres, nous aideront à sortir de la barbarie. Ce qui se passe dans le monde est souvent monstrueux, mais la vie, la plupart du temps, m'enchante. Il suffit de chercher à jouer la bonne partition, de ne pas renoncer. On est là pour ça, si toutefois on est là pour quelque chose.

– Oui, affronter le vide, nous en accommoder, lui donner un sens, même si ce sens est dérisoire. C'est là que réside le courage des pauvres humains que nous sommes : savoir habiter la solitude sans se plaindre, sans se prendre en pitié.

Ce fut Laura qui éclata de rire en premier, mais Bob ne fut pas en reste :

– Nom de D…, explosa-t-il, nous sommes vraiment incorrigibles ! Je t'invite sous prétexte d'une photo de nu trouvée dans un bouquin, et au lieu de donner dans la gaudriole ou l'humour porno, nous voici une fois de plus en train de refaire le monde ! Pardon, Laura ! Pardon ! implora-t-il en se foutant de lui-même.

Laura regarda en souriant celui qui était son ami. La silhouette longiligne, un peu dégingandée, portant avec décontraction une chemisette et un pantalon dans les tons moutarde, une tenue simple mais impeccable. Le doux regard myosotis et les cheveux légèrement clairsemés qui donnaient toujours l'impression de ne pas trouver où se poser. Le visage fin, intelligent, tanné par les longues randonnées dans le désert, un visage délicat où se lisait pourtant la détermination. Celle d'un garçon honnête, foncièrement. Elle fut heureuse d'être son amie. Bob était peut-être plus solitaire qu'il ne l'aurait souhaité, mais il était de ces êtres libres qui préfèrent l'inconfort de leur état à la tranquillité trompeuse du conformisme.

– Bof ! fit-elle comme si de rien n'était, un bon cognac devrait pouvoir nous aider à redescendre sur terre !

★

Il était prêt. Il avait passé une partie de l'après-midi à sillonner les environs, ne sachant trop comment s'occuper. À la nuit tombée, il s'était arrêté dans l'un de ces temples de la cuisine carnée qui, d'après ce qui était inscrit au bas de la carte, ouvrait jusqu'à minuit. Les murs étaient recouverts de lattes de bois clair, et de profondes banquettes en demi-lune isolaient les tables sur lesquelles étincelaient de lourdes lampes de cuivre. Bien que bondé, le restaurant était peu bruyant. Il appréciait que la musique country fût mise en sourdine.

Il se rendrait chez Morton vers 23 heures. Ses voisins seraient certainement couchés, elle aussi probablement. Les gens se mettaient au lit de bonne heure le dimanche soir, dans la mesure où ils reprenaient leur travail le lendemain. Restait le problème de la porte d'entrée qui pouvait être fermée. Il était capable de crocheter une serrure, mais le bruit pourrait éveiller *son* attention. Le risque zéro n'existait pas.

Il avait renoncé à utiliser le pistolet. À tout hasard, il avait acheté un marteau dans une quincaillerie, mais pensait pouvoir l'étrangler sans trop de difficultés, à moins qu'il ne l'étouffe s'il la trouvait endormie. Il aurait aimé qu'elle le voit, qu'elle comprenne le sens de sa venue, mais c'était trop risqué. Quelle que soit la façon dont il s'y prendrait, il aurait le dessus. Il avait du muscle – ce n'était pas pour rien qu'il fréquentait régulièrement un club de sport quand il était à New York– et même si elle lui avait donné l'impression d'être assez bien charpentée, l'effet de surprise lui donnerait l'avantage. Quand il l'avait aperçue au musée, puis pour la dernière fois au bord de la piscine, il avait remarqué qu'elle faisait à peu près une tête de moins que lui. Approximativement un mètre soixante-dix. Elle serait peut-être capable de se débattre, mais ça ne durerait pas longtemps. Il était hors de question qu'elle puisse s'en tirer. De toute manière, à la faveur de la nuit, les gens perdaient une bonne partie de leurs moyens.

Il avait retrouvé son calme. Il maîtriserait la situation. En sortant de chez elle, quand il reprendrait la route qui descendait sur Yucca City, il serait un homme libre. À l'avenir, plus personne ne l'impressionnerait. Invulnérable à jamais.

Il était maintenant 22 heures, et la salle ne désemplissait pas. Cela lui permettait de s'attarder encore un peu sans attirer l'attention. Il s'était fait servir un *sirloin* accompagné de *french fries*, sans être pour autant rassasié. Il commanda un *apple pie*, et ce qu'on lui apporta aurait pu nourrir quatre personnes.

Il prendrait ensuite un café, puis il serait temps de se mettre en route.

★

La soirée passée avec Carole avait été agréable. La veille au soir, il lui avait trouvé de l'allure, bien qu'un peu trop sophistiquée. La robe en lamé, le décolleté plongeant lui avaient rappelé le temps des *Vicky's exhibitions*. Cette fois, la tenue était beaucoup plus discrète. Pantalon de jersey noir, pull-over assorti, et cette amusante casquette qui lui donnait un air canaille. Elle lui avait parlé longuement de son travail, au point qu'il s'était demandé si ce n'était pas une façon de le tenir à distance. Pourtant il avait renoncé à lui faire du gringue. C'était une amie de Laura, et même s'il savait ne plus avoir aucune chance de ce côté-là, il n'aurait pas aimé qu'une tentative de séduction à l'égard de Carole puisse passer pour de la provocation. Logiquement, le souci de sa relation avec Francès aurait dû suffire pour le rappeler à la raison, mais le jugement de Laura, il devait en convenir, lui importait davantage.

Au cours du dîner de la veille, il avait remarqué, à deux ou trois reprises, les conciliabules qui la retenaient près de Bob dans la cuisine – c'était assurément des conciliabules, car les contraintes du service n'exigeaient pas d'aussi longues absences. Il en avait été agacé. Certes, ils travaillaient ensemble, certes, ils étaient bons amis, mais, tout de même, rien ne les obligeait à s'isoler quand il y avait du monde. Il ne manquait plus que son fils se soit entiché de la femme de John !

Il voulait bien s'effacer, mais, par rapport à Bob, c'était un peu trop lui demander. Il est vrai qu'il y avait eu cet inventaire auquel Laura avait consacré une partie de la matinée, et il fallait bien qu'ils en parlent mais, enfin, quand on a des invités on évite les apartés. À moins que Bob n'ait voulu mettre Laura au courant de ce meurtre qui avait eu lieu non loin de Yucca. À Los Angeles, et même à San Francisco, personne ne se serait soucié d'un meurtre, mais ici cela avait de quoi surprendre. Cela signifiait, probablement, que la ville était en train de se dégrader.

À l'occasion de son dernier séjour, il en avait discuté avec Giuseppe Adolfo. Le maire était tombé d'accord avec lui : trop de passage, trop de visiteurs à petits budgets et, de plus en plus souvent, des bandes de motocyclistes venus d'on ne sait où. Les motos, les bandes, la drogue : ça finissait toujours comme ça. Bob et Laura s'étaient récriés. Pas étonnant : ils étaient tous les deux toqués de Yucca City. Ils y vivaient en permanence et ne voyaient pas le changement. Laura s'était même vantée de ne jamais fermer sa maison. Elle dormait souvent les portes et les fenêtres grandes ouvertes pour profiter du vent de la montagne. Il lui avait dit que c'était imprudent. Espérons que ce qui venait de se passer la fasse réfléchir !

L'habitation était plongée dans le noir, ce qui signifiait que Laura n'était pas rentrée. Il eut envie de conseiller à Carole de s'enfermer à double tour, mais n'osa pas, craignant de l'affoler. De même qu'il ne pouvait pas se permettre de lui proposer d'attendre avec elle le retour de Laura, qui n'aurait sans doute pas apprécié de le trouver chez elle. Il se contenta de la déposer devant l'entrée, ne redémarrant qu'après qu'elle eût allumé. Après tout, on ne lui avait pas demandé de jouer les baby-sitters. Le meurtre de la veille avait eu lieu à une vingtaine de kilomètres de Yucca City, et il n'y avait aucune raison pour que ceux qui avaient fait le coup soient encore en ville. Ils avaient dû prendre le large immédiatement.

Il venait de parcourir trois ou quatre cents mètres, quand il remarqua un véhicule, tous feux éteints, garé en retrait de la route. Il ralentit. Rien ne justifiait la présence d'une voiture à cet endroit, à l'heure qu'il était. Pas de maison à proximité, tout juste un terrain qui avait été débroussé quelques mois plus tôt, sans doute un projet de construction. Apparemment, il n'y avait personne à l'intérieur, ce qui était d'autant plus troublant. À moins que le conducteur n'ait voulu passer inaperçu, ou qu'il se soit arrêté pour satisfaire un besoin naturel. Peut-être quelqu'un venu en visite chez les Clark – il avait déjà rencontré les deux retraités lors d'un dîner chez Laura – mais leur maison n'était pas éclairée, ce qui n'aurait pas été le cas s'ils avaient organisé une soirée. Il dépassa la voiture – une Jeep, une Cherokee. Bien qu'il fût intrigué, il n'avait aucune raison de demander des explications à un type qui était peut-être en train de pisser contre un arbre. Et s'il s'agissait d'une personne ayant rendez-vous chez Laura ? Elle aurait trouvé la maison fermée, et aurait décidé d'attendre. Mais pourquoi si loin en contrebas ? Peut-être pour que Laura puisse manœuvrer plus facilement en rentrant chez elle : il y avait déjà la voiture de location de Carole sur le terre-plein, et une voiture de plus pouvait gêner. Cette dernière hypothèse le dérangeait. L'idée que Laura puisse avoir un amoureux, qui se rendait chez elle à onze heures du soir, éveillait en lui un sentiment déplaisant. «Eh oui ! Qu'est-ce que tu crois ! Qu'elle vit ici comme une recluse !» Elle avait, certes, le droit de ne pas vivre en recluse, mais, tout de même, c'était dur à avaler. Raison de plus pour ne pas s'en mêler. Il se serait couvert de ridicule s'il s'était arrêté. L'air de la surveiller ! Il accéléra, pressé de retrouver les lumières de la ville qui scintillaient dans la vallée, tel un drap d'or rectangulaire, tendu au pied des collines. Rien ne l'empêchait de passer un coup de fil en arrivant chez lui.

*

Il contourna la ville et déboucha sur une double voie qui traversait une zone déserte, faiblement éclairée par des lampadaires qui se faisaient de plus en plus rares. Le ciel grouillait d'étoiles, mais il n'y avait pas de lune. Il ne fallait pas qu'il loupe l'embranchement qui menait aux plateaux. Ensuite, il devrait prendre la deuxième route sur sa gauche, puis monter tout droit.

À peine avait-il amorcé la montée, qu'il distingua les feux arrière d'une voiture qui le précédait. Le véhicule continuait à grimper, et n'était plus très loin de la maison de Morton. Il avisa un décrochement où il était possible de se garer. Si elle rentrait chez elle à cette heure-là, il était préférable qu'il attende un moment. Peut-être quelqu'un qui la raccompagnait. Bon sang, il fallait toujours que les choses se compliquent ! Il éteignit ses phares. Il y eut un claquement de portière puis, peu de temps après, un bruit de moteur qui se rapprochait. Il se recroquevilla sur son siège. Le véhicule ralentit. Il n'allait tout de même pas s'arrêter ! C'était impossible. Il fallait absolument que son plan réussisse.

Heureusement, ceux qui l'avaient raccompagnée étaient repartis aussitôt, et maintenant le conducteur poursuivait sa descente vers la ville. Il y avait des chances qu'elle soit seule. Mieux valait qu'il laisse la Jeep là où elle était : inutile d'attirer l'attention en se pointant sous ses fenêtres.

Il ne lui restait plus qu'à faire le reste du chemin à pied. Pas la moindre lueur pour se guider. La densité de la nuit effaçait tous les reliefs. Il se munit d'une lampe de poche qui se trouvait dans la boîte à gants. Juste pour éclairer ses pas. Ce n'était pas le moment de se ramasser un gadin.

Il portait un pantalon de velours, suffisamment large au niveau des hanches, pour y glisser le marteau. Il portait également un blouson, et y avait enfourné une solide cordelette de cuir, fabriquée à partir du lasso. Il préférait opérer à mains nues, mais savait-on jamais !

À peine eut-il dépassé le dernier virage, que la maison de Morton lui sauta au visage. Toutes les pièces allumées. Un vrai feu d'artifice ! Il atteignit la plate-forme permettant d'accéder à l'entrée, qui donnait sur l'arrière. Une musique de blues à plein volume, du moins assez forte, couvrait le bruit de ses pas. Voilà quelqu'un qui ne se souciait pas de déranger les voisins ! ... C'était parfait. Il pouvait s'approcher, sans qu'elle l'entende, même si la musique le gênait pour la localiser.

Il reprit son souffle devant la porte. La dernière portion de route avait été plutôt raide. Il tendit l'oreille. Distinguant un bruit de pas ou, plutôt, un frottement régulier, difficile à identifier. Cela provenait de la grande pièce qui était sur sa gauche. La voix grave de la chanteuse de blues vibrait dans le registre de la plainte, et il y avait ces foutus bruits, comme si quelqu'un allait et venait, suivant un espace extrêmement limité.

Il mit ses gants. Fit tourner doucement la poignée, sans rencontrer la moindre résistance. Il ouvrit la porte en grand, et se retrouva dans un couloir, plongé dans une demi-obscurité. Mais la pièce qui se trouvait tout au bout était violemment éclairée. La musique tout aussi violente. Et soudain il la vit, et comprit la raison de ce bruit de déplacement, sourd et régulier, qui l'avait intrigué lorsqu'il était encore dehors : elle était en train de danser ! Seule. Au milieu de la pièce. Ses reins, ses épaules, ondulant tranquillement au rythme du blues. Un spectacle dont il était l'unique témoin, la voyant de dos, bougeant à peine, totalement absorbée par les accents rauques que dominait le sourd feulement d'un saxophone.

Elle était vêtue de noir, une casquette de cuir dissimulant sa chevelure. C'était un moment parfait. Il jouissait de ses mouvements, de la musique, au point de se sentir légèrement ivre. Il l'observait, fasciné, tandis que sa haine grandissait. Il la haïssait à cause de la liberté de ses gestes, à cause du plaisir qu'elle y prenait. Il avait retrouvé son souffle, se sentait accordé à la musique, à son lent déhanchement. Maintenant, il pouvait agir. Avancer doucement, la saisir à la gorge, serrer.

Soudain, elle eut un imperceptible mouvement de la main, s'empara de la casquette, et la lança, toujours se déhanchant, à l'autre bout de la pièce. Ses cheveux se déployèrent lentement, ondulant jusqu'au bas du dos : *Ses cheveux étaient longs et noirs*. D'un noir de jais. *Ce n'était pas Morton !*

C'était cette fille qu'il avait vue, le vendredi midi, au bord de la piscine.

Il recula, abasourdi. Le contralto de la chanteuse lui vrillait les oreilles. L'espace d'une seconde, il eut envie de se ruer sur la fille, et de la frapper. De la frapper à mort avec le marteau. Mais «*Go home, baby !*» disait le blues, et «*Go home*» reprit son cerveau en ébullition. Mû par une force étrangère, dépassant sa volonté, il franchit la porte, qu'il referma avec précaution.

Il dévala la route, comme s'il avait été poursuivi par une horde de chiens sauvages. Sauta à bord de la Jeep et démarra en trombe, sans se soucier du crissement des pneus. Les lumières de la ville venaient à sa rencontre, comme un mur de flammes, les flammes de quelque sabbat qui allaient l'engloutir. Les nerfs à vif, il jura, hurla, maudissant Yucca City et sa trompeuse quiétude. Il était vaincu, écrasé, désespéré.

Il roula sans se soucier de la direction qu'il prenait. Il avait dépassé depuis longtemps le centre-ville, quand il reprit ses esprits. Ses phares éclairairent un panneau qui indiquait que l'on approchait d'une réserve. Il poursuivit sa route.Il aurait pu rouler toute la nuit, et se retrouver à San Francisco en fin de matinée. Il ne pouvait plus supporter cet endroit maudit.

Au bout d'une heure, il s'arrêta dans une station-service pour faire le plein. La lumière crue et déprimante des néons eut raison de son affolement. Après tout, il n'avait rien commis d'irréparable, et sans doute que sa fuite, si son plan avait marché, aurait été beaucoup plus angoissante. Il n'y avait aucune raison de paniquer. Le sentiment de rage et de vengeance qui l'avait habité, depuis qu'il était arrivé à Yucca City, était en train de le quitter, comme un vêtement en loque qu'il aurait abandonné près de la maison Morton.

Il pouvait se rapprocher de San Francisco, au besoin trouver un motel où passer la nuit, mais il avait laissé ses affaires à Yucca, et ne pouvait partir sans avoir réglé sa note. Les gens se poseraient des questions.

Laura Morton était morte, du moins dans son esprit, mais il y avait un autre épisode, celui de Sandy Bird, qui, lui, était bien réel, et ce n'était pas le moment de commettre d'impair.

Il fit demi-tour sur une aire de dégagement, mais manqua de courage à l'idée de retrouver sa chambre vide, déprimante. Il se gara loin de la route, coupa le contact, et s'allongea sur la banquette arrière pour piquer un somme.

★

Il était 23 heures passées, et le centre-ville était toujours animé. Comme tous les dimanches soirs, il y avait eu une braderie en nocturne, et même si les brocanteurs commençaient à replier leurs bâches, à ranger leurs articles, beaucoup de monde profitait de la fraîcheur du soir aux terrasses des restaurants et des *cafés*.

Elle eut envie de se joindre à la foule qui remontait les rues piétonnes, mais ça n'aurait pas été correct d'abandonner Carole plus longtemps.

Elle trouva son amie affalée sur un canapé, un verre de whisky à la main. Elle avait mis un disque de Billie Holiday, qui entamait de sa voix grave et modulée le fameux *Strange Fruit*.

– Mon air préféré, dit Laura. La silhouette de ces Noirs, pendus dans les champs de coton ! La désespérance du Sud... Il m'arrive de pleurer en l'écoutant.

Elle régla les aigus :

– Comment était Dennis ?

– Un amour. Un homme attentif, et qui sait écouter. Il m'a posé tout un tas de questions sur Paris, sur mon boulot, et j'ai accepté de passer deux jours chez lui avant de reprendre l'avion à Los Angeles. Il propose que tu sois du voyage.

– Malheureusement, c'est impossible. Je ne peux pas laisser tomber Bob en ce moment, et il y a le livre à finir. Mais tu as bien fait d'accepter son invitation. À ses heures, Dennis peut se conduire en véritable gentleman. Il te fera découvrir une région merveilleuse. Mais rappelle-toi qu'il a une amie. Pas question de te monter la tête !

– C'est plutôt toi qui devrais te monter la tête ! Je suis persuadée qu'il t'adore. Il m'a longuement parlé de toi. Il est resté mesuré dans ses propos, mais il y a des choses que l'on sent.

Laura resta pensive un instant, puis se leva pour se servir un verre :

– C'est possible qu'il m'aime bien. Mais c'est du passé, tout ça. À chacun sa vie ! Je...

Elles furent interrompues par la sonnerie du téléphone :

– C'est Bob, souffla Laura. Dennis renonce à t'inviter !

Elle retrouva son sérieux quand Bob lui eut expliqué que son père avait été intrigué par la présence d'une voiture, garée tous feux éteints, en contrebas du Galet.

Laura se tourna vers Carole, et lui demanda si elle avait remarqué quelque chose.

– Rien du tout. Il faut dire, qu'au début, j'avais mis la musique un peu fort.

– Peut-être y avait-il une soirée chez les Clark ?

– Je ne pense pas. Tout était éteint dans le quartier lorsque Dennis m'a déposée. Et si une voiture était montée jusqu'ici, j'aurais sûrement réagi. D'ailleurs, je t'ai entendu rentrer, et c'est seulement à ce moment-là que j'ai baissé le son... Il faudra peut-être que je m'excuse, demain, auprès des Clark... J'étais encore dans mon trip New-Orléans, je n'ai pas fait attention.

– Ne t'inquiète pas pour ça, dit Laura. Leur chambre donne de l'autre côté, sur la vallée, et la pièce est insonorisée. On pourra leur poser la question par acquis de conscience, mais je ne pense pas qu'ils aient entendu quoi que ce soit.

Par précaution, elles décidèrent de fermer les portes et de brancher l'alarme. Laura ne voulait pas inquiéter son amie, mais après ce qui s'était passé à Sandy Bird, mieux valait être prudent.

★

Quand il se réveilla, le soleil n'était pas encore levé, mais les premières lueurs de l'aube donnaient aux massifs rocailleux de douces couleurs gris rosé. À sa grande surprise, il découvrit qu'il se trouvait à proximité de ce qui pouvait ressembler à un décor de cinéma. Un saloon fait de rondins, un relais de poste, comme l'indiquait une enseigne rustique, une diligence avec sa capote brûlée par le soleil, lui rappelèrent que l'endroit avait été aménagé pour le tournage d'un western, quelques années plus tôt – il avait lu ça dans un guide. Le barman de l'hôtel lui avait raconté que des squatters occupaient les lieux depuis plusieurs mois, et qu'ils avaient transformé le saloon en buvette. Inutile de s'attarder. Il y avait également deux ou trois cabanes en assez piteux état, près desquelles était garé un pick-up flambant neuf. Il démarra en veillant à ne pas faire de bruit. Les squatters devaient dormir, mais ce n'était pas le moment d'attirer l'attention.

Il parcourut quelques kilomètres, jusqu'à longer un plan d'eau. Il se souvint que le pistolet se trouvait toujours dans le coffre. C'était le moment de s'en débarrasser. Il regarda autour de lui : pas âme qui vive, aucune voiture à l'horizon. Il jeta le pistolet dans ce qui ressemblait à un étang. Personne n'aurait l'idée d'explorer le fond de cette mare croupissante. Tout s'arrangeait à merveille.

Arrivé à l'hôtel, il évita les abords du centre thermal, par pure superstition : à cette heure-ci il ne courait pas le risque de croiser la jeune Frida ou quelqu'un d'autre qui l'aurait mis mal à l'aise. D'ailleurs, peut-être s'y rendrait-il dans la matinée, histoire de se conformer au rituel. Un veilleur de nuit, l'air absent, lui rendit son salut. C'était très bien que l'homme l'ait vu rentrer, ça montrait qu'il n'avait rien à cacher. Il se sentit ragaillardi, comme s'il avait échappé de justesse à une catastrophe. Il allait s'offrir un bon roupillon. Passerait, ensuite, un petit moment au hammam ou aux bains bouillonnants, histoire de juger de l'atmosphère, puis réglerait sa note, et filerait sur San Francisco.

★

Laura arriva au musée peu avant neuf heures. Bob, qui avait raccompagné son père à l'aéroport, était dans son bureau. Il lui fit signe :

– J'ai eu Benny, ce matin, au téléphone. Ils ont identifié la fille qui s'est fait descendre à Sandy Bird. Elle travaillait au centre thermal de l'hôtel Palm City. La collègue chez qui elle logeait, celle qui a prévenu la police, s'appelle Frida Moreno. Elle est à l'hôpital pour le moment, en état de choc.

Laura sentit la tête lui tourner. Elle aurait tellement aimé s'être trompé ! Elle revit la mince silhouette de Christina, flottant dans sa blouse trop large, marquée au logo du Centre. Sa petite frimousse un peu pâle, son regard exprimant souvent la tristesse, son maquillage maladroit.

– Je la connaissais, murmura-t-elle, se sentant coupable de n'avoir pas mieux compris que la jeune fille pût avoir des ennuis. Sais-tu dans quel service se trouve Frida Moreno ?

– Dans le service de Michael Clifford. Je crois que tu le connais.

Laura avait rencontré Clifford, à plusieurs reprises, sur le terrain de golf où elle s'entraînait parfois. Elle connaissait aussi sa femme, Suzy, qui l'accompagnait de temps à autre. Ils avaient fini par sympathiser, et avaient déjà déjeuné ensemble au restaurant du Country Club.

– Je vais appeler Clifford. Je vais lui demander si Frida est autorisée à recevoir des visites. Elle a une sœur à Los Angeles, et ses parents tiennent une station-service du côté de Phœnix. Peut-être n'ont-ils même pas été prévenus. On ne peut pas la laisser tomber après ce qui vient d'arriver !

Elle n'eut aucun mal à joindre Clifford, qui lui répondit que rien ne s'opposait à ce qu'elle se rende aux côtés de Frida. L'inspecteur Benny Guthrie l'avait interrogée la veille, au cours de la matinée, mais n'avait pas exigé de mesures d'isolement.

Laura dit à Bob qu'elle passerait à l'hôpital en quittant le musée.

– Vas-y tout de suite, proposa celui-ci. Profites-en tant que Michael est sur place. J'ai déjà jeté un coup d'œil sur l'inventaire Butler. On regardera ça ensemble à ton retour.

★

L'hôpital de Yucca City était situé à la sortie de la ville, au milieu d'un parc. Il avait bonne réputation. Clifford, qui était responsable du service de médecine interne, l'accompagna jusqu'à la chambre :

– Elle est un peu dans les vaps. On a été obligé de la mettre sous sédatifs. Heureusement, elle est couverte par une bonne assurance, ce qui nous permettra de la garder quelque temps... Elle est terrorisée à l'idée de retourner chez elle. Il faudrait qu'elle trouve un autre logement, en ville de préférence.

– Je pourrais peut-être l'héberger une semaine ou deux, le temps qu'elle reprenne le dessus, avança Laura. Je vais essayer de lui en parler.

Il y avait trois lits dans la chambre qu'occupait Frida mais, à part celui où elle reposait, les autres étaient vides.

– Pour l'instant elle est seule, mais ça m'étonnerait que ça dure longtemps. Les malades sont presque toujours en surnombre.

Laura repéra une chaise au fond de la pièce, et l'approcha du lit. Frida, devinant sa présence, ouvrit les yeux. Elle avait l'air d'être sur un nuage.

– Madame Morton, soupira-t-elle d'une petite voix apeurée.

– Oui, Frida. Je suis là. Tu n'es pas obligée de parler si ça te fatigue.

Frida referma les yeux et, peu après, des larmes mouillèrent son visage, sans qu'elle se souciât de les retenir. Laura resta immobile à ses côtés, puis, la voix de la jeune fille hésita, à peine audible :

– Je ne voulais pas... Je ne voulais pas, Madame Morton... C'est peut-être le gars qui lui a vendu la moto. Je ne voulais pas qu'elle lui donne notre adresse. Mais elle a insisté pour l'inviter à prendre un verre. J'étais là. C'était un type bizarre, très agité. Enfin, je ne sais pas...

– En as-tu parlé au lieutenant Guthrie ?

– Je crois que oui. Mais je ne fais plus la différence

entre ce que j'ai dit et ce que j'ai pensé... C'est terrible là-bas. Presque toutes les maisons sont fermées. Après, ce sera mon tour, j'en suis sûre.

– Ne t'inquiète pas pour ça. Le docteur Clifford te gardera le temps qu'il faut. On t'aidera à trouver quelque chose. Repose-toi pour le moment.

Frida eut un profond soupir, et Laura crut qu'elle s'était rendormie. Elle attendit quelques instants, s'apprêtant à laisser une carte de visite sur la table de chevet, avec un petit mot, au cas où Frida chercherait plus tard à la joindre.

Au moment où elle repoussait sa chaise, Frida lui saisit la main. Pendant près d'une minute, elle resta les yeux dans le vague. Laura ne dit rien. Par expérience, elle savait qu'une parole d'encouragement, proférée trop précipitamment, pouvait interrompre une confidence.

– Il y a autre chose qui me vient à l'esprit. Je ne sais pas quoi au juste... Croyez-vous qu'ils pensent que je sois coupable ?

– Bien sûr que non. Tu n'as certainement jamais possédé ni revolver, ni pistolet ! Et, surtout, tu n'avais aucune raison de vouloir tuer Christina !?

Frida se tut, pensive. Laura était persuadée qu'elle savait quelque chose, mais qu'elle n'était pas encore en mesure d'en parler. La jeune fille fit un effort pour se redresser :

– Un jour, je me suis emportée après elle, au Centre, devant les collègues. Christina détestait Sandy Bird. Elle voulait partir. Elle disait que la maison puait le moisi, que nous ne voyions jamais personne. Je me suis sentie insultée. Je lui ai dit qu'elle n'avait qu'à foutre le camp...

Frida retomba sur ses oreillers, manifestement épuisée. Laura serra la main qui tenait la sienne :

– Ne te tracasse pas avec cette histoire. Je vais te laisser un numéro de téléphone où tu pourras m'appeler. Si je ne suis pas là, il y a un répondeur. De toute manière, je reviendrai... Maintenant, il faut que tu dormes. Tu n'y es pour rien. La police s'occupe de l'affaire.... As-tu prévenu ta famille ? Veux-tu que je m'en occupe ?

– Non, non, surtout pas, lança Frida avec force.

Laura quitta la chambre au moment où une infirmière y entrait, poussant devant elle un chariot de médicaments.

★

# CHAPITRE 7

Elles visitèrent les villages indiens. Partirent le week-end suivant à Laughlin. Puis Carole s'envola pour San Francisco. Avertie du drame qui avait eu lieu à Sandy Bird, elle recommanda à Laura d'être prudente.

Laura rendit plusieurs fois visite à Frida. La responsable du centre thermal s'était montrée généreuse et efficace. Elle avait contacté le propriétaire de la maison de Sandy Bird, et s'était engagée à régler la dernière quinzaine de loyer que devait son employée. Elle lui avait également trouvé un studio, à moins d'un kilomètre du centre-ville. La solidarité avait joué sur tous les plans : en attendant que le nouveau logement se libère, une jeune serveuse d'origine mexicaine avait proposé d'héberger sa compatriote.

Frida, lors des dernières visites de Laura, avait très peu parlé de Christina, mais Laura restait persuadée qu'elle en savait plus qu'elle ne voulait en dire. Le fait de n'avoir plus à retourner à Sandy Bird l'avait soulagée : deux auxiliaires de la police municipale ayant été chargées de récupérer ses affaires.

Elle reprit son travail au Centre et, si ce n'est qu'elle portait le plus souvent des lunettes noires pour cacher ses yeux régulièrement gonflés de larmes, elle semblait avoir retrouvé une bonne partie de son équilibre.

Laura attendit qu'elle se fasse à sa nouvelle vie, l'invita un soir au restaurant, puis lui proposa de l'emmener à Disneyland, le temps d'un week-end — bien consciente de retomber dans l'habituel scénario «défense des causes perdues» — mais c'était un vieux rêve de Frida.

L'enquête piétinait. L'ancien propriétaire de la moto avait été mis hors de cause, ayant un solide alibi. Mais il s'était avéré qu'il était toxicomane, et Frida craignait qu'il lui en veuille d'avoir donné son nom à la police. Laura lui avait dit de ne pas s'inquiéter : personne ne mentionnerait son témoignage, et le gars devait être trop content de ne pas avoir été poursuivi, en dépit des produits illicites trouvés à son domicile, pour songer à savoir comment le lieutenant Guthrie et son équipe étaient remontés jusqu'à lui.

Frida venait donc de découvrir Disneyland, et avait manifesté le même enthousiasme qu'une enfant de dix ans. Elles avaient logé dans un motel d'Anaheim, et étaient sur le chemin du retour. Laura avait fait en sorte qu'il ne soit jamais question du drame au cours du week-end, bien qu'une allusion de la jeune fille ait permis de comprendre pourquoi elle avait refusé qu'on prévienne sa famille. Ses parents qui avaient émigré aux États-

Unis, plus ou moins clandestinement, quand elle était gamine, avaient fini par obtenir la gérance d'une station-service en Arizona, dans une sorte de *no man's land* où ne s'arrêtaient que des automobilistes pressés et... quelques coyotes à la tombée de la nuit. Le plus proche voisin – à cinq ou six kilomètres – tenait le *Country Saloon and Dance Hall*, une boîte où les péquenots du coin venaient s'enivrer en fin de semaine. «Il y avait de quoi devenir fou dans un endroit pareil» disait Frida. «Mes parents, eux, étaient contents. Ils considéraient qu'ils s'en étaient sortis honorablement, et que vivre à l'écart du monde était la meilleure façon d'éviter les problèmes de voisinage. De toute manière, tout droit sur la route, *toujours tout droit, et encore tout droit*, il y avait une petite ville où se mélangeait une communauté mi-indienne, mi-mexicaine, et ça leur suffisait pour s'offrir, une ou deux fois par trimestre, un bain de civilisation. À leurs yeux, mon avenir était tout tracé : on allait me trouver un fiancé, *Mexicano* de préférence, et nous nous installerions chez eux – ils n'attendaient que ça pour ajouter à la station-service un magasin où l'on vendrait de l'épicerie et des objets d'artisanat. J'aurais préféré mourir. Ils avaient déjà essayé avec mon frère et ma sœur aînée – d'ailleurs il fallait les comprendre : "tout ça ils l'avaient fait pour nous !" – mais ça n'avait pas marché. Mon frère avait fichu le camp, et ma sœur s'était trouvé un travail de serveuse près de Yucca City... celle qui est maintenant à Los Angeles. Chaque mois, elle m'envoyait un peu d'argent, histoire de se faire pardonner. Alors, à mon tour j'ai "taillé la route". Je suis venue la rejoindre. Mais à moi, ils n'ont pas pardonné, parce que j'étais la petite dernière. Ça faisait qu'il n'y avait plus personne pour les aider !»

Après avoir évoqué sa jeunesse en Arizona, Frida s'était recroquevillée contre la portière. Elle dormait. Au bout d'un moment, Laura s'arrêta pour faire le plein et, ayant repéré une cafétéria, elle réveilla sa passagère – l'occasion de se restaurer avant d'entamer la centaine de kilomètres qu'il leur restait à parcourir. Frida la suivit de bon cœur, et elle commandèrent des œufs brouillés. Puis, la jeune fille manifestant un solide appétit, Laura l'invita à se choisir un dessert. Ce n'est qu'après être revenue à table que Frida s'était lancée :

– Il y a une chose dont je n'ai jamais parlé, parce que j'avais peur. Maintenant, ce n'est plus tellement important puisqu'*il* est parti. Il est parti depuis longtemps, mais quelque chose me retenait... On dit toujours que le client est roi, et je ne pouvais pas me permettre de faire des histoires, après tout ce qu'on avait fait pour moi : le logement, le paiement du loyer de Sandy Bird. On ne me l'aurait jamais pardonné. Mais la police n'a rien trouvé, et je n'aurai pas la conscience tranquille tant qu'on n'aura pas mis la main sur le meurtrier... C'est trop injuste. *Elle* ne méritait pas ça.

Laura avait beaucoup appris sur la vie de Christina, le soir où elle avait invité Frida au restaurant, et la personnalité de la malheureuse victime s'était révélée beaucoup plus complexe qu'elle ne l'avait supposé. Christina avait vécu avec ses parents à Philadelphie après que son père, qui était ingénieur, eût été recruté en Belgique par une entreprise spécialisée dans le *software*. Au début, Christina s'était bien adaptée, mais elle était tombée amoureuse d'un garçon qui déplaisait à ses parents, et qu'elle avait suivi à Los Angeles après avoir rompu avec les siens. Malheureusement, la romance avait tourné au fiasco, et elle s'était retrouvée, seule, à Yucca City, après moult péripéties. Ce n'était pas une fille facile, selon Frida, et elle avait un peu trop tendance à rendre le monde entier responsable de ses déboires. Elle avait bénéficié d'une existence confortable tant qu'elle vivait dans sa famille, mais avait négligé ses études. En fait, elle n'avait aucune formation. Bien heureux qu'elle ait trouvé du travail ! Mais rien n'était jamais à son goût. Elle débutait, et son salaire ne lui permettait pas de faire des folies. De plus, elle avait une assez haute idée d'elle-même, et ça lui déplaisait d'être traitée comme une simple employée. Ses parents avaient bien essayé de la récupérer, mais elle n'avait rien voulu savoir. Pas question de faire amende honorable ! Inutile de dire que la cohabitation entre les deux filles avait parfois été tendue. Christina avait des rêves de grandeur, mais était constamment déprimée.

Frida s'était réjouie de la voir se passionner pour le squash et, après l'achat de la moto, s'était dit que sa colocataire était sur la bonne voie. Elle reprenait doucement goût à la vie, même s'il y avait eu entre elles encore quelques prises de bec. *Ce n'était pas parce que Frida se contentait d'une vie merdique, que la fille du brillant ingénieur devait en faire autant !* Néanmoins, Frida était persuadée que les reproches de son amie n'étaient rien d'autre que le dernier baroud d'honneur d'une ex-enfant gâtée, sur le point d'acccpter les réalités de l'existence.

Les derniers temps, Christina avait semblé plus détendue. Dès qu'elle avait un moment, elle parcourait à moto les innombrables chemins qui conduisaient aux canyons, et rentrait souvent enthousiaste.

À nouveau, Frida venait d'évoquer les efforts d'adaptation de son ancienne compagne, comme si elle avait besoin de la réhabiliter. Laura attendit qu'elle en eût fini, avant de revenir au sujet initial.

– Et cette chose dont tu n'osais pas parler ? avança-t-elle prudemment, tandis que Frida terminait son *Sundae Express*, un truc débordant de crème chantilly, agrémenté de fraises et de morceaux d'ananas.

– C'était la veille ou deux jours avant, je ne sais plus très bien. Je revenais du Centre, après avoir fait les courses. On faisait ça à tour de rôle. Au moment où je me garais devant la maison, j'ai aperçu le toit d'une Jeep qui était arrêtée dans un chemin, un peu au-dessus de chez nous. Je n'en voyais pas plus, car elle se trouvait derrière une haie de lauriers-roses, pas très dense mais, de là où j'étais, je ne pouvais pas voir s'il y avait quelqu'un à proximité...

«Christina est sortie pour m'aider à décharger la voiture, puis elle est partie au travail. Elle commençait à 14 h 30 et, avec la moto, elle en avait pour à peine un quart d'heure.

«J'ai commencé à ranger les affaires, et pendant un moment j'ai complètement oublié la Jeep. Elle était garée dans un chemin où personne n'habitait...

Je crois que c'est en me lavant les mains au-dessus de l'évier, que j'y ai fait de nouveau attention. On ne pouvait pas me voir. J'étais dans la pénombre. Mais, moi, je pouvais l'observer sous un nouvel angle. La vitre était baissée, et il y avait un homme à l'intérieur qui semblait regarder de notre côté. À ce moment-là, il a démarré. Mais il s'était légèrement penché vers l'extérieur, avant de remonter sa vitre. Et c'était quelqu'un que j'avais déjà vu. Un homme qui résidait à l'hôtel, qui venait tous les matins au hammam. Un type assez correct, mais qui en faisait tout de même un peu trop. *Mes petites chéries par-ci, mes petites chéries par-là*. On était obligé d'être aimable, mais j'avais dit à Christina de se méfier. Trop poli pour être honnête ! «Le genre vieux beau qui veut jouer les jolis cœurs, par manque d'imagination !» Voilà ce que j'avais dit à Christina. Il y en a des tonnes comme ça au Centre. On a l'habitude...

– Et est-ce que tu l'as revu ?

– Non. Jamais plus... Le lendemain, ou le surlendemain, ce fameux samedi, c'était moi qui étais de service le matin. Jusqu'à 13 heures. Christina devait aller au squash. En général, elle ne repassait pas par la maison, et se rendait directement au travail. Elle venait tout juste de se lever quand je suis partie... C'est en rentrant que je l'ai trouvée. Mon Dieu, c'était affreux. Elle était là, roulée en boule près d'un fauteuil, et il y avait tout ce sang ! J'ai tout de suite compris qu'il s'agissait d'un meurtre. Je me suis dit que celui qui avait fait ça était peut-être encore dans les parages. Je n'ai pas pu rentrer dans la pièce. J'ai couru jusqu'à une maison située un peu plus bas, où vivait un vieux couple. Il y avait des chances qu'ils soient là. C'est depuis chez eux quc nous avons appelé la police... Je crois qu'ils ont déménagé, peu de temps après.

– Est-ce que tu te souviens du nom de cet homme, que tu dis avoir reconnu ?

– Oui : Jack Parker. C'est comme ça qu'on l'appelait. Ça m'est revenu quand j'étais à l'hôpital. Mais je pensais qu'il était toujours à l'hôtel. J'en ai discrètement parlé à la fille qui m'avait hébergée. Elle s'est renseignée, et m'a dit que le client était parti deux jours plus tard. Il nous avait dit qu'il était en vacances. Il parlait très bien anglais, mais avec un léger accent. Peut-être un Français ou un Belge... Je ne pouvais rien dire, tant que je croyais qu'il était à Yucca City. On ne peut pas se permettre d'accuser quelqu'un, simplement parce qu'il se promène à deux pas de chez vous. Mais c'était bizarre. Qui aurait eu l'idée de venir se perdre à Sandy Bird ?... Depuis que j'ai appris qu'il est parti, j'y ai pensé tous les jours. Mais je ne sais pas si je dois en parler, je veux dire, au lieutenant Guthrie. Après tout, ce n'était qu'un touriste. Peut-être qu'il nous a suivies par simple curiosité. De là à croire que c'est lui l'assassin ! Il n'y a même pas eu viol. Alors, pourquoi ?

– Je crois que tu devrais tout de même en parler au lieutenant, conseilla Laura. C'est un type bien. Il sait à quel point tu as été bouleversée par cette affaire. Il ne va pas aller crier sur les toits ce que tu lui racontes. Il fera simplement son enquête. Mais, tu sais, il y a des cinglés. Celui qui a tué Christina n'avait peut-être pas de raisons objectives d'agir de la sorte.

Et, comme tu le dis, l'assassin court toujours. Mieux vaut ne négliger aucune piste.

*

Carole téléphona de Paris pour dire combien elle avait apprécié les retrouvailles. Le photographe italien aux yeux bleus avait pris la poudre d'escampette, mais elle n'en semblait pas trop affectée. Il était prévu qu'elle fasse équipe avec le responsable de la rubrique «Théâtre» pour la couverture prochaine du Festival d'Avignon. Un type sympa, mais qui ne s'intéressait pas aux femmes. C'était tant mieux : ne jamais mélanger les affaires de cœur avec le travail. Laura songea qu'en raison de la concentration de comédiens, danseurs, journalistes, attachés de presse et organisateurs en tout genre que connaissait la Cité des Papes au moment du Festival, Carole aurait bien du mal à tenir ses promesses.

Le séjour à Napa Valley avait été une réussite, et Dennis lui avait présenté une certaine Francès, avocate dans un cabinet de San Francisco : une femme de tête qui faisait de lui ce qu'elle voulait. Dennis s'était montré charmant. En raccompagnant Carole à l'aéroport il lui avait confié – mais il ne fallait surtout pas le répéter – qu'il avait eu le béguin pour la femme de son ex-associé. Apparemment il s'était fait une raison. Il avait même parlé mariage avec sa nouvelle conquête. Celle-ci avait posé ses conditions : chacun chez soi, le week-end à Napa Valley, un soir par semaine à San Francisco. Dennis n'avait pas dit non.

Bob était de nouveau amoureux. Il avait rencontré un jeune artiste peintre, et le garçon était sympathique.

Ils envisageaient de partager une maison à l'écart de la ville. Laura avait dîné avec les deux tourtereaux. Bob semblait métamorphosé : enjoué, plus sûr de lui. Il voulait lancer un programme de conférences, et Laura lui avait répliqué qu'elle était d'accord pour le suivre dans l'aventure... dès qu'elle aurait fini son bouquin.

Frida emménagea dans son nouveau logement, et pendit la crémaillère. Laura fut au nombre des invités. Il y eut de la sangria à volonté, et toutes sortes de plats mexicains succulents. Frida avait des talents cachés.

Elle s'était décidée à rencontrer le lieutenant Guthrie, et celui-ci avait pris son témoignage au sérieux, mais l'enquête piétinait toujours.

Laura boucla son roman à la fin du mois de mars. Elle appela son agent qui, quinze jours plus tard, lui annonçait que le livre était accepté. Il sortirait à la mi-juin. Juste avant la période des vacances. Il faudrait qu'elle soit disponible le temps du lancement.

*

Un dimanche matin, Laura croisa Bunny et Cynthia Guthrie dans un centre commercial des environs. Ça faisait un moment qu'elle n'avait plus eu de leurs nouvelles.

– L'énigme de Sandy Bird est résolue, se rengorgea Cynthia, avec la fierté de quelqu'un qui aurait dirigé les opérations.

Un certain Jacques Marette, un Français, propriétaire d'une chaîne de restaurants, venait d'être arrêté. La petite Frida avait vu juste. Il avait fallu un moment pour remonter jusqu'à lui, d'autant qu'il avait résidé à Yucca City sous un nom d'emprunt. Mais à l'heure du Web et de l'informatique, c'était devenu un jeu d'enfant de contrer les usurpateurs. Après s'être enferré dans toutes sortes d'alibis assez faciles à démonter, l'homme avait tenu des propos incohérents, à travers lesquels il semblait qu'il eût voulu s'en prendre, initialement, à une personne qui aurait attenté à son honneur. Il n'avait donné aucun nom, apparemment incapable de retrouver le fil de sa folle équipée. Le meurtre de la jeune Christina aurait été une façon de se faire la main avant de tenter de trucider l'objet de son courroux. L'important était qu'il ait reconnu les faits, le reste n'entraînant rien sur le plan juridique : l'intention de tuer ne tombant pas sous le coup de la loi.

En vertu de la réglementation californienne, Marette risquait la prison à vie, mais peut-être que ses avocats plaideraient la confusion mentale.

Laura ne fit jamais le lien entre Jacques Marette et l'homme qu'elle avait rencontré, dix ans plus tôt, dans un hôtel de l'arrière-pays niçois. Elle avait oublié son nom depuis longtemps.

★

Le livre était terminé. Comme toujours, Laura éprouvait un profond sentiment de soulagement, accompagné d'un vide immense.

Dès la rédaction du dernier chapitre, l'amorce de nouvelles intrigues avait habité son esprit, en particulier l'idée de mettre en scène une jeune Française venue se guérir d'un chagrin d'amour dans le désert californien. Elle serait mêlée à l'élaboration d'un crime pour s'être intéressée d'un peu trop près au meurtrier potentiel. L'occasion d'évoquer ce besoin obsessionnel de trouver l'âme sœur, qui tient nombre de femmes à l'écart de mille autres bonheurs. Ce rêve insensé qui transforme la moindre rencontre en promesse d'apothéose, l'objet du désir paré de toutes les grâces.

Cela impliquerait que Carole apparût, peu ou prou, en dépit de tous les travestissements, en filigrane du récit. Ceux que vous côtoyez offrant, bien souvent, le meilleur terreau aux observations les plus riches. Malheureusement, la confiance était trop grande entre elle et son amie pour qu'elle courût le risque de céder à son inspiration. De même le drame concernant Christina. «Yucca City Blues»... Il y aurait du désert, un mélange ethnique très «Californie d'aujourd'hui» un charmant jeune homme aux goûts sexuels ambigus et, tant qu'à faire, le propriétaire d'un vignoble de la Napa Valley, histoire d'élargir le débat !

Elle avait toujours cherché à mettre le plus de distance possible entre ce qu'elle vivait et ce qu'elle écrivait. Mais quel gâchis ! Toute cette précieuse matière à jamais perdue !

Pendant des semaines, elle repoussa énergiquement les éléments qui se mettaient en place dans son esprit, à la manière d'un puzzle.

«Yucca City Blues». Yucca City ne figurait sur aucune carte du désert californien. Yucca City n'existait pas. Il y avait bien une Yucca Valley, mais pas de ville portant ce nom.

Comme beaucoup de personnes ayant choisi de vivre dans une région épargnée par le tourisme de masse, Laura considérait la petite "ville-oasis", où elle avait refait sa vie, comme un trésor personnel. Elle avait le réflexe de l'autochtone qui, à l'adresse du nouveau venu, soupire : «Bienvenue chez nous, mais n'y traînez pas trop !» Préserver la confidentialité de cette paisible cité, noyée sous le vert des palmiers, serait son unique scrupule.

★

Un soir, après s'être attardée chez des amis rencontrés sur le terrain de golf d'une localité voisine, elle se retrouva sur la route la ramenant au Galet. Déjà le ciel se peignait de longues traînées pourpres et roses et, frustrée d'avoir dû se passer de fumer tout au long de la journée – ses amis étant des intégristes en la matière – elle avisa une plate-forme, taillée à flanc de colline, qui dominait la caillasse. Il s'agissait d'une aire de repos, aménagée par l'office de tourisme, avec table de pique-nique et télescope.

Elle s'y arrêta. S'assit à même le sol. Sortit ses cigarettes, retrouvant instantanément la magie qui l'attachait à cette merveilleuse région. L'espace, le silence, les couleurs en demi-teintes, la promesse d'une liberté rarement troublée. Noblesse des reliefs, simplicité du décor. L'univers frappé de sagesse.

Elle avait souvent pensé qu'elle finirait par se lasser de s'immerger dans la relation de meurtres en série. Cela avait été une opportunité amusante, mais cela ne collait plus avec la vie qu'elle menait, où l'esthétique, des relations humaines chaleureuses, le bonheur de ressentir à l'infini, occupaient la première place.

C'est à propos du désert qu'elle aurait aimé écrire. À propos de ce qu'il vous révélait quand vous étiez attentif à son silencieux langage. Écrire sur la vie, et non plus sur la mort.

Le désert lui avait offert la paix. Il avait été l'antidote à une douleur ancienne, réactivée par les épisodes de sa difficile relation avec John. La douleur lointaine, presque oubliée, d'une enfant sidérée de constater combien le monde des adultes pouvait se révéler destructeur et cruel. Un dur constat qui l'avait conduite à vouloir débusquer toutes les traîtrises.

Le désert avait été sa catharsis. Il lui avait enseigné qu'il était possible de se tenir éloigné de la folie du monde. Lui avait appris la beauté de l'oubli et du pardon. Sa vie ne serait plus un combat, mené à la limite de ses forces. La solitude, hommage à une liberté retrouvée. Plus jamais sa vie ne s'inscrirait sous le signe de la révolte ou de la violence. Oui, elle écrirait sur ce désert qui l'avait pacifiée. Mais pour l'instant, il devait rester son secret. Un secret qu'elle porterait longtemps à l'intérieur d'elle-même, afin que s'accomplisse le travail souterrain d'où émergerait une juste parole, celle d'un esprit accordé, enfin, au chant du monde.

★

Comme elle allait claquer la porte de la Toyota, la silhouette d'un coyote apparut entre deux rochers ciselés par les mauves lueurs du couchant. L'animal hésita, dodelinant de la tête, comme s'il désirait et redoutait tout à la fois cette éphémère approche.

Doucement, Laura démarra. *Salut, vieux solitaire ! Retourne à tes espaces arides. Sache que nous sommes logés à la même enseigne.*

FIN

## Chez le même éditeur

### Culture océanienne

Le mariage franco-tahitien ................ Pierre-Yves Toullelan, Bernard Gille
Politique et religion à Tahiti .................................. Bruno Saura
La bombe française dans le Pacifique .................. Jean-Marc Regnault
Jacques-Antoine Moerenhout ............................ Paul De Deckker
Pouvanaa a Oopa ............................................ Bruno Saura
Francis Sanford à cœur ouvert .............................. Yves Haupert
Lieux-dits d'un malentendu culturel .......................... Bernard Rigo
Tergiversations et rêveries de l'écriture orale ................. Flora Devatine
De la conquête à l'exode ................. Pierre-Yves Toullelan, Bernard Gille
tome 1 - Terres de colonisation et d'immigration
De la conquête à l'exode ................. Pierre-Yves Toullelan, Bernard Gille
tome 2 - Terres d'exil
Archéologie - Esquisse d'un bilan critique ........................ Eric Conte
Des langues et des hommes ............................... Louise Peltzer
Chronologie des événements politiques sociaux et culturels de Tahiti
et des archipels de la Polynésie française ..................... Louise Peltzer
De l'écriture au corps [Bulletin du L.A.R.S.H. n° 1] ............ Ouvrage collectif
Tinito. La communauté chinoise de Tahiti :
installation, structuration, intégration ......................... Bruno Saura
1791 Le voyage du Cap$^{e}$ Marchand
les Marquises et les îles de la Révolution ......... Cécile Picquoin, Odile Gannier
Te Fenua Enata, la terre des hommes ........................ Patrick Chastel

### Images de Polynésie

Iles et lumières ............................................ Philippe Bacchet
Les gens d'ici à Tahiti ....................................... Alain Joannis
Rangiroa sous le signe du poisson ........................... Yves Lefèvre
Le temps d'un heiva ..................................... Chrystelle Jahan
C'est une terre *mā'ohi* .................................. Michel Chansin
Popalynésie ................................................. P'titLouis

### Jeunesse

Ce petit curieux de margouillat ...................... Gotz & Eric Camisullis
Dico des îles ........................................ Jean-Louis Saquet
L'expression corporelle à l'école ........................... Pascal Gourdon
Tamariata, l'enfant nuage ........................ Sydélia & Patrice Guirao
Mon amie la raie ...................... Isabelle Hoarau & Virginie Lagrange
Les jumeaux du Temehani ............. Odette Teipoite Marama Frogier & Huren
Teiki & Moetai ........................ Patrick Chastel & Catherine Chavaillon
Fa'a'amu-Le petit secret de la nuit ............ Roxane Galliez & Nicolas Bernier

### Les guides du Grand Océan

Rapa Nui ................................................ Daniel Pardon

## Sciences & nature

Algues de Polynésie française . . . . . . . . . . . . . . . . . . . . . . . . . . . . . . . Claude Payri

## Nouvelles du Pacifique

Chiens d'atolls et autres nouvelles polynésiennes . . . . . . . . . . . . Chantal Kerdilès
Le sourire du tiki . . . . . . . . . . . . . . . . . . . . . . . . . . Patrick Chastel & Philippe Lemaire
Nouvelle vague . . . . . . . . . . . . . . . . . . . . . . . . . . . . . . . . . . . . . . . Ouvrage collectif
Le lundi matin c'est dur pour tout le monde . . . . . . . . . . . . . . . . . . . . . . Jean Duday

## Romans

Lettre à Poutaveri . . . . . . . . . . . . . . . . . . . . . . . . . . . . . . . . . . . . . . . . . . . . Louise Peltzer
Itinéraire polynésien . . . . . . . . . . . . . . . . . . . . . . . . . . . . . . . . . . . . . . Chantal Kerdilès
Voyance sous les tropiques . . . . . . . . . . . . . . . . . . . . . . . . . . . . . . . . Chantal Kerdilès
Atolls sanglants . . . . . . . . . . . . . . . . . . . . . . . . . . . . . . . . . . . . . . Gilles de Montenars
La Tavana . . . . . . . . . . . . . . . . . . . . . . . . . . . . . . . . . . . . . . . . . . . . . . . . Vaema Teikimatua
La maison de Taunoa . . . . . . . . . . . . . . . . . . . . . . . . . . . . . . . . Claire Guillon Raynal
Trois papiers aux clous . . . . . . . . . . . . . . . . . . . . . . . . . . . . . . . . . . . . . . . . . Marc Frémy
Regards . . . . . . . . . . . . . . . . . . . . . . . . . . . . . . . . . . . . . . . . . . . . . . . . . Jean-Claude Lama
Arioi . . . . . . . . . . . . . . . . . . . . . . . . . . . . . . . . . . . . . . . . . . . . . . Vairaumati no Ra'iatea
Le coureur d'atolls . . . . . . . . . . . . . . . . . . . . . . . . . . . . . . . . . . Jean-Pierre Marquant
Moana Blues . . . . . . . . . . . . . . . . . . . . . . . . . . . . . . . . . . . . . . . . . . . Anne-Catherine Blanc
L'île des rêves écrasés . . . . . . . . . . . . . . . . . . . . . . . . . . . . . . . . . . . . Chantal T. Spitz
L'arbre à pain . . . . . . . . . . . . . . . . . . . . . . . . . . . . . . . . . . . . . . . . Célestine Hitiura Vaite
Hutu Painu . . . . . . . . . . . . . . . . . . . . . . . . . . . . . . . . .Marie-Claude Tessier-Landgraf
Opération TNT . . . . . . . . . . . . . . . . . . . . . . . . . . . . . . . . . . . . . . . . . .Christian Hyvernat
Akariki . . . . . . . . . . . . . . . . . . . . . . . . . . . . . . . . . . . . . . . . . . . . . . . . . . . . .Lucas Paeamara
Matisse, le voyage en Polynésie . . . . . . . . . . . . . . . . . . . . . . . . . . . . . . .Paule Laudon

## Divers

Le petit lexique du parler local . . . . . . . . . . . . . . . . . . . . . . . . . . . . . . . Olivier Bauer
Magazine TatuArt nos 1 & 2 . . . . . . . . . . . . . . . . . . . . . . . . . . . . . . . . Ouvrage collectif
Lagon gourmet . . . . . . . . . . . . . . . . . . . . . . . . . . . . . . . . . . . . . . . . . . . . . . . . Max Coste
L'alliance *mā'ohi* . . . . . . . . . . . . . . . . . . . . . . . . . . . . . . . . . . . . . Virgile Haoa & Gotz

## Collection Survol

Te Fare, architecture tropicale de Tahiti . . . . . . . . . . . . . . . . . . . . . . .Jean-Louis Saquet
Perles de Tahiti . . . . . . . . . . . . . . . . . . . . . .Jean-Louis Saquet, Jean-François Dilhan
Tereraa . . . . . . . . . . . . . . . . . . . . . . . . . . . . . . . . . . . . . . . . . . . . . . . . . . . . . . . Eric Conte
Orama Nui, la Polynésie vue de l'espace . . . . . . . . . . . . . . . . . . . . Lionel Loubersac
Manu, les oiseaux de Polynésie . . . . . . . . .Sté d'Ornithologie de Polynésie française
L'atoll . . . . . . . . . . . . . . . . . . . . . . . . . . . . . . . . . . . . . . . . . . . . . . . . . . . Jean-Louis Saquet
Baleines & dauphins . . . . . . . . . . . . . . . . . . . . . . . . . . . . . . . . . . . . Alexandre Gannier

Editions Au vent des îles - BP 5670 - 98 716 Pirae - Tahiti - Polynésie française
3615ELECTRE code éditeur : 2-909790
mail@auventdesiles.pf — site web http://www.auventdesiles.pf

Photocomposition Scoop - Tahiti
Imprimé à Singapour

Dépot légal 2$^{eme}$ trimestre 2004
ISBN 2-909790-33-9